Laure Wyss
Das rote Haus

Laure Wyss

Das rote Haus

Roman

Limmat Verlag
Zürich

Unveränderte Neuausgabe

Umschlagbild von Klaus Born

© 1992 by Limmat Verlag, Zürich
ISBN 3 85791 193 X

Inhalt

Vorwort   7

Lisas Tagebuch
Einen Sommer lang   13

Marthas Albumblätter
Eine Liebesgeschichte   67
Zeichen in meiner Hand   75
Brasserie Hauptbahnhof Zürich   84
Die Tiefgarage   92
Der Korridor   104
Stadtmelodie   134
Die Trennscheibe   144
En passant   148

Im Winter danach
Kristina antwortet   161

Vorwort

Eigentlich wollte ich Frauen befragen, die, vor ihrem Altwerden, eine Weile stillstehen und sich überlegen, wie es weitergehe. Vielleicht schauen sie zurück, wie das Leben für sie bis jetzt verlaufen war. Vielleicht sehen sie auf einmal in den Jahren, die übrigbleiben, eine Möglichkeit für etwas, das sie bisher nie verwirklichen konnten. Dieser Augenblick des Überlegens kommt, wenn eines Tages die Berufsarbeit aufhört, wenn das Haus, in dem man gewirkt hat, verändert oder leer ist, die Wohnung zu groß und die Enkel, für die man so gern strickte, das großmütterliche Muster für die Kniestrümpfe ablehnen. Wer will unsere Fürsorge überhaupt noch? Ich kenne diese Fragen aus eigener Erfahrung, deshalb fesselt mich das Thema. Bevor ich mir die Art des Vorgeschehens noch recht überlegt hatte, kam mir ein Manuskript in die Hand, das viele meiner Fragen beantwortete.

Ich traf Lisa M., zufällig. Lisa ist eine schüchterne Person, und ich kenne sie wenig. Ich wunderte mich, als sie mir ein Bündel loser Blätter übergab und meinte, ich könne vielleicht etwas damit anfangen? Eine Zeitlang habe sie nämlich selber den Ehrgeiz gehabt zu schreiben, aber das interessiere sie nicht mehr. Sie habe eine Aufgabe übernommen, in der sie ganz aufgehe. Aber es könnte sein, daß die Berichte dieser drei Frauen, die einen Sommer lang in einem roten Haus zusammengelebt hätten, alle gleichen Alters wie ich, für meine Arbeit von Nutzen seien. Sie selbst sei, durch Zufall übrigens, in Kristinas rotes Haus geraten und habe dort Tagebuch geführt, solange bis Kristinas Freundin Martha ins Haus gekommen sei. Martha habe mit ihrem Aufschreiben von Erinnerungen und ihrer etwas heftigen Art, ihr das Führen des Tagebuches verleidet. Kristina selbst habe sich dann erst hinterher über den gemeinsam verbrachten Sommer geäußert.

Ich las Lisas Blätter, ordnete sie, fügte Marthas Albumblätter – Szenen ihres unruhigen Lebens – in Lisas gründlich stilles Tagebuch und heftete, nach einiger Überlegung, auch Kristinas Aussagen über die sommerlichen Schreibereien ihrer Freundinnen dem Ganzen bei, nachdem ich einige grammatikalische Fehler ausgemerzt hatte; denn für Kristina ist Deutsch eine Fremdsprache. Mein Verleger interessierte sich für diese Berichte der drei Frauen und meinte dann: Diese Lisa schreibt doch eigentlich wie Sie, nicht wahr? Lassen wir's dahingestellt, antwortete ich, für mich ist die Hauptsache, daß Sie die verschiedenen Schreibweisen unverändert drucken.

Es bleibt noch zu sagen, daß Lisa den folgenden Hinweis wünscht: Jede Ähnlichkeit mit lebenden Personen ist zufällig. Martha kann ich nicht fragen, sie ist verschwunden, irgendwohin. Aber nachdem ich ihre Texte wieder gelesen habe, nehme ich an, daß sie diesen Satz eher in sein Gegenteil verkehren und sorglos meinen würde, die Ähnlichkeit der vorkommenden Personen mit Lebenden sei von ihr gewünscht.

Von Kristina erfahre ich über Lisa, sie koche nicht mehr so eifrig wie in jenem Sommer, spiele umso öfter Klavier, und das Wort copyright lasse sie völlig kühl.
L. W.

Lisas Tagebuch:

Einen Sommer lang

Endlich bin ich angekommen, und möchte den Ort beschreiben, an dem ich bleiben will; so jedenfalls nahm ich es mir vor: stillzuhalten, nicht weiterzugehen. Ich bin weit weg von allem was geschah, und ich möchte die Krankheiten ablegen, die mich in die Irre führten. Diese Beschreibung hat den Sinn, mich in meinem Leben wieder zurechtzufinden.
Ich schreibe für mich.
Ein rotes Haus tief im Wald. Eine Wiese bis zum dichtbewachsenen Waldrand, zu den Fichten, Tannen, den Birken. Auf der offenen Seite der Bach, dessen Wasser dunkel eisenfarbig fließt. Wir sind in einer Gegend mit Erzbergwerken. Sie sind stillgelegt; aber, so sagt man, Schächte und unterirdische Gänge gebe es hier überall, und man könne auf Waldspaziergängen einbrechen, hineinfallen und sei rettungslos verloren. Über das schmale Wasser führt eine Holzbrücke zu unserem Gehöft. Jedes weitere Wort der Beschreibung würde die Anspruchslosigkeit des Ortes stören. Sie ist es, die mich bezaubert. Oder ist es weil ich, als es mich im letzten Jahr zufällig hierher verschlug, die Stiefel wiederfand, in die man schlüpfen muß, wenn man durch die Wildnis stapft? Weil vor der Türe dieselben Holzschuhe bereit standen?

Viel Boden, viel Raum, wenig Menschen. Einzelnes gewinnt an Gewicht. So sind auch die wenigen Worte, die man wechselt, vieldeutig. Melde ich in der Küche, daß ich zum Briefkasten gehe, so heißt das gleichzeitig, daß ich die bereitliegende Post vom Brett hole und etwa eine Stunde weg sein werde. Man warnt, es würde in zehn Minuten regnen, und das bedeutet für mich, daß ich entweder auf den Gang verzichten oder mich vor dem Regen schützen soll. Ich sage nur «ja» oder «nein» und der andere weiß dann, ob ich trotzdem gehe oder eben nicht. Keine zusätzliche Bemerkung. Oft kommt es mir so vor, als ob wir nur Signale aussenden und die Zwischensätze in Kopf oder Gemüt des Einzelnen zurückbleiben. Jetzt schreit Malin, die Küchendienst hat, das Wort «Essen» ins Freie hinaus. Alle kommen langsam herbei, setzen sich an den Tisch. Keiner sagt, er habe Hunger oder er freue sich auf die Mahlzeit; das kann man dann ja an den Mengen ablesen, die er vertilgt. Man wischt sich mit dem Handrücken den Mund ab, steht auf, sagt «danke» und geht zurück zu seiner Verrichtung.
Das tue auch ich.
Es gibt nur im Norden dieses Sommergefühl. Weil man etwa in Winter und Nacht einfror und nun zum langen Tag aufwacht? Es ist das Licht, das unvergleichliche Licht, auf das man sich verlassen kann; es ist da, wenn es regnet, es ist da, wenn man nachts aufwacht und zum Fenster hin blinzelt; über dem Tannenhorizont ist es silberhell. Kurz nach Mitternacht meldet sich die Sonne des kommenden Tages an. Es wird noch lange so weitergehen. Man fürchtet die Nacht nicht, weil man sie sich nicht vorstellen

kann. Jede Pflanze ist in dieses Licht getaucht, die Büsche danken ihm mit üppigem Wachstum, die Erde duftet. Wenn das Sparsame, das Zurückhaltende ausschlägt, ist es für die Menschen überwältigend und überraschender als im üppigen Süden, wo die Fülle lähmt. Die dahinziehenden Wolken verdunkeln diese Sommertage nie, das Licht ist überall, auch im Gras. Ich möchte nur im Gras liegen: Es ist Sommer; es ist tatsächlich Sommer.

Ich sah keinen Sommer mehr vor mir. Allmählich waren alle Tätigkeiten erlahmt, jede Hoffnung sinnlos, das Gewesene fremd. Man schleppt sich noch ein Stück weiter, klammert sich an spärliche Konventionen, nimmt an, es sei nun einfach so, das Alter, das Ende. Bis sich, wohltätig, heilsam, wie man später feststellt, der körperliche Zusammenbruch einstellt, einen zu Boden schlägt, niederschmettert, hinstreckt; die Verdunkelung, das Eingesperrtsein, die vier Wände eines Krankenzimmers halten die Reste zusammen, die noch gelebt sein wollen. Ein Arzt, der zuhört, die Not aufnimmt, ein Arzt, der spürt, wo die Not sitzt und ahnt, was einen zerfetzte, auffraß, hinhielt, was an Kränkungen einem den Atem abschnitt, die Speise verdarb. Allmählich kann man reden, nach und nach erst, stückweise, die Ängste ausstoßen, sprechen, der großen Furcht Namen geben.

Ging es wochenlang, dauerte es Monate oder gar Jahre? Ich weiß es nicht; ich weiß nur, daß die Aufmerksamkeit des Arztes mich durchtrug, eine zarte Aufmerksamkeit, die alle Verästelungen auffing und immer wieder bündelte. Am Ende hieß es: «Wir haben zusammen einen Weg zurückgelegt.» Wann

fand die Geburt zum eigenen Ich statt? Nach wievielen mühsamen Entdeckungsfahrten ins Innere wurde Schicht um Schicht freigelegt, bis man in einem Augenblick nackt dastand, ohne Zutaten, mit keinem Kleid bedeckt: das Elend, mein eigenes Elend stand vor mir. Ich weinte und umarmte es.
Doch nichts mehr darüber, nichts mehr von mir. Im Jahrzehnt literarischer Selbstbekenntnisse, hochgezüchteter Anklagen und hymnischer Beschreibungen, an was die eigene Seele denn so leide, ist jeder Satz, der über Andeutungen hinausgeht, zuviel. Die endlich erworbene Distanz zu mir weckte nun endlich die Neugier, nach der Freiheit anderer Menschen zu fragen. Wie hatten andere es angepackt und weitergeführt, ihr Leben, ihr Lieben, das Mühselige und das Mühelose? Ich möchte von anderen Menschen erfahren, wie sie alt werden, Menschen, die in ihrer Krise, nicht wie ich, von einem Arzt aufgefangen und durch sorgsame Pflege zu sich selber geführt wurden. Endlich fange ich an, andere zu beobachten. Ich will versuchen sie zu beschreiben, nachsehen, wie sie ihr Leben erlebt haben, was sie prägte und was sie instandsetzte, Leben zu ertragen.
Deshalb schreibe ich. Es ist eine schmale Hoffnung, selber ungefährdet zu Rande zu kommen, nun endlich und vielleicht auch meine eigenen Wünsche kennenzulernen.

Aber eigentlich bin ich hierhergekommen, um den Frieden eines leise dahinrollenden Alltags zu genießen, mitschwimmend aber nicht mitsorgend und mich kümmernd. Bis jetzt mußte ich immer um alles besorgt sein: Wie das Essen auf den Tisch kam, wie sie sich die Nasen putzten, aufrecht blieben, auch in Schulzeiten, und immer so weiter und immer so fort, das Übliche. Ich will nicht mehr darauf zurückkommen. Wie das rote Haus hier funktioniert, bedeutet endlich Ruhe. Ich kann den eigenen Stimmen ohne Störung lauschen. Jeder geht hier seinen Weg, tut was er will, stille Gesetze ordnen das Dasein, natürlich wird auch hier der Tagesablauf mit Kaffeetrinken begonnen. In der Küche stehen Becher bereit. Wer Lust hat, zuerst aufzustehen, mahlt den Kaffee, setzt Wasser auf, filtert ihn in Ruhe; inzwischen werden Brotscheiben knusprig geröstet. Küchendüfte ziehen die andern Bewohner an. Jeder meldet kurz seine Tätigkeit an, die er sich für diesen Tag vornimmt, völlig gleich ob Traktorfahren, Holzhacken, Klavierüben, Geigenspiel, Tippen auf der Schreibmaschine, in die Stadt fahren, um einzukaufen oder nach Eßbarem in der Tiefkühltruhe zu graben. Die umsichtige Hausfrau, als Geschäftsfrau ans Organisieren gewöhnt, dachte schon im letzten Sommer an den jetzigen und an die Anzahl Personen, die in ihrem Haus leben würden.

Ich soll heute zu Gertrud – der Name spricht sich hier Jertrud aus – der blonden Scheuen, um Spinat zu pflücken, den sie uns gestern versprochen hat. Er wachse zu üppig, es esse ihn keiner auf. Das Spinatpflücken ist ein Unternehmen! Ich muß die Stunde abpassen, in der Gertrud auf mein Klopfen öffnet, ohne zu erschrecken, und herauskommt, in die Holzschuhe schlüpft, die in der Vorlaube ihres Häuschens

stehen, mit mir in den Garten kommt und mir andeutet, welche Spinatblätter ich pflücken darf. Es fallen dann einfache Worte, «nimm nur», «ja, er gedeiht gut», «hast du einen Papiersack?», aber dahinter verbergen sich komplizierte Welten, die man nach dem Tonfall zu deuten hat. «Du schreibst?» bemerkt Gertrud, abgewandt und über den Spinat gebückt. Es ist schon fast zuviel Nähe. Ich antworte mit «ja». Gertrud steht vor mir in der schmalen Rinne zwischen den Beeten und sagt: «Ich habe ein Buch, Tolstoi.» «Tolstoi?» Aber diese Frage war schon zuviel für Gertrud. Sie sagt: «Ich habe es nicht gelesen.»
Morgen wollen wir Olle besuchen, der einsam in einer Waldlichtung lebt, die schönsten Erdbeeren zieht, den üppigsten Garten in dieser Gegend besitzt. Seine Schwester, die bei ihm lebt, ist geisteskrank; sie hält sich meist in der Küche verborgen. Es wäre gut, wenn es morgen auch so ist, denn wir wollen mit Olle über seine Geschichte reden, die er unbedingt für einen Radiowettbewerb einschicken müßte. Olle, 67, sein Leben lang Waldarbeiter, die letzten 20 Jahre in diesen Wäldern hier, schrieb eine Geschichte über die Sehnsüchte eines Schienenarbeiters. Olle geht mit der Sprache ebenso überlegen um wie mit seinen Gefühlen. Schreiben falle ihn über Nacht an, wie Fieber, dann komme er mit Schreiben kaum nach, erzählt Olle. Linkisch kam er neulich bis zur Fahrstraße, um beim Bücherbus, der fahrenden Bibliothek, Bücher zu holen. Olle liest viel. Aber niemand darf wissen, daß er schreibt, seine Schwester am allerwenigsten. Sonst frage sie ihn aus, und das ertrage er nicht, während er daran arbeite. Er wisse ja selber nicht, wie es heraus-

komme. Der Bruder seiner Großmutter mütterlicherseits habe ein Tagebuch geschrieben, das wisse er. Vielleicht liege das Schreiben in der Familie, vielleicht habe er es geerbt?
Olle kam heute unerwartet zu uns herüber. Er ließ sich sagen, daß seine Geschichte gut sei. «So wie sie ist?» fragt Olle. Er habe sie oft umgeschrieben, aber sie müsse nochmals überarbeitet werden. Olle spricht langsam, setzt Wort für Wort. So fällt er wohl seine Bäume, einen nach dem andern, vorsichtig und wissend, daß Waldarbeit eine schwere und genaue Arbeit ist.
Über Olle muß ich doch noch mehr berichten. Alles an ihm ist ein bißchen schief geraten, oder vielleicht schief geworden. Den Kopf hält er schräg, die großen Füße kommen unerwartet aus engen Hosenrohren, die Nase steht krumm im Gesicht, die Haut ist gerötet, ein Nesselfieber plagt Olles ganzen Körper. Die Hände scheinen auch krumm, ich merkte erst mit der Zeit, daß an Olles rechter Hand anderthalb Finger fehlen. Nach umständlichem Gespräch ist Olle damit einverstanden, daß seine Geschichte für den Wettbewerb eingeschickt werde. Ich habe einen Umschlag und eine Marke, Olle schreibt seinen Namen und seine Adresse umständlich auf einen Zettel: J. Olof Björk, und dann die Nummer des Briefkastens, so wie es in diesem Land üblich ist. Die großen Holzkasten unten an der Straße, auf welche die mit kecker Mütze uniformierte Göta vom Auto aus Zeitungen und Briefe verteilt, tragen keine Namen, nur vierstellige Nummern. Nach Nummern haben sich die Menschen zu richten, auch im Wald und in der

Einsamkeit, durch Nummern sind sie mit der Öffentlichkeit, ihrem eigenen Land, ihrer Gegend verbunden; das sind die Nummern, welche Steuern auslösen und die Krankenkasse und die Pensionsgelder in Bewegung setzen. Alles ist registriert, es kommt nur darauf an, daß die Nummern stimmen. Wir begleiten Olle ein paar Schritte. Er schiebt das Rad. Er sagt, er fahre Sommer und Winter mit dem Rad, um im nächsten Ort einzukaufen. Der Weg sei verschieden lang, manchmal trampe er nur eine Stunde, wenn das Wetter gut sei, im Winter, da daure es schon zwei bis drei Stunden bis er in der Stadt sei. Und dann wieder zurück, natürlich. Olle streckt die schwielige Hand her: «Also» und «Danke». Aber dann schwingt er sich immer noch nicht aufs Rad, sondern sucht umständlich in der Tasche, entnimmt ihr schließlich eine weiße Karte. Diese sei vielleicht doch besser als die von Hand geschriebene Adresse. Auf der Karte ist Name, Beruf, das Geburtsdatum als sechsstellige Nummer eingeprägt, zusätzlich die Nummer 1036 und am Ende des Namens, mit Schrägstrichen getrennt, neun Ziffern – das sei die Telefonnummer eines Angehörigen. Mit dieser Karte geht Olle sicher. In Rot ist die Bemerkung gedruckt, daß die Karte beim Besuch im Krankenhaus vorgewiesen werden müsse. Wie könnte man Olle je die nötige Behandlung zukommen lassen, ohne seine Registernummer zu kennen? Beruhigt, daß nun nicht nur seine Geschichte, sondern auch seine Nummer in unseren Händen war, fuhr er bedächtig davon. Unter der gelben Mütze hervor wehte das schüttere blonde Haar im schwachen Fahrtwind. Olle hatte uns sicher schon vergessen, als er um die nächste Kurve bog; wir aber schauten dem alten, knochigen, schiefen Mann nach, dem Waldarbeiter mit seinen Träumen, die er aufschreibt.

Am nächsten Tag, einem Sonntag, hätte ich Olle kaum wiedererkannt. Auf dem Kopf eine weiße Mütze, die Windjacke braun über der hageren Gestalt. Er brachte Kartoffeln, von den ersten, und die geschmackreichsten Erdbeeren, die ich je gekostet hatte. Nachdem er die Gaben aus seinem Garten abgeliefert hatte, meinte er, eigentlich habe er noch etwas zu zeigen, ein «Konvolut», wie er es nannte. Olle ging umständlich den Weg hinunter bis zum Bach, wo er sein Rad an einen Baum gelehnt hatte, entnahm den Satteltaschen eine Papierrolle und gab sie mir. Es war eine neue Geschichte, mit Bleistift geschrieben. Ob ich sie lesen wolle?
Ja, in einer Stunde etwa sei er dann wieder daheim. Wir sollten ja nicht früher kommen, die Schwester öffne die Tür nie, wenn er nicht zu Hause sei. Der gemütskranken Schwester aber wollten wir den frischgebackenen Zuckerkuchen bringen, um ihr für einen von ihr gewobenen Teppich zu danken. Diesen auf den Boden zu legen schien Kristina zu schade. Das Geschenk war ihr so lieb und wert, daß sie eine leere Wand damit schmückte. Aber auch Anna, die Kranke, kann schreiben, auf einem Begleitbriefchen hatte sie gewünscht, daß der Teppich «gesund und leichten Schrittes» benützt werden möge, Gesundheit und leichte Schritte für Kristina und die Freunde. Heute, als wir zum Haus kamen, bekamen wir Anna nicht zu

Gesicht. Olle hatte uns abgepaßt, damit wir gar nicht erst an die Türe klopften. Olle rückte die Brille zurecht und meinte so nebenbei, jeder habe einmal seine schwarzen Stunden. Die von Geißblatt umwachsene Laube bleibt stumm. Der Ort ist bezaubernd und verzaubert verläßt man ihn. Man geht über den weichen Waldweg, an hohem Farnkraut vorbei. Im Moos sind noch einige zarte Linneas sichtbar. Wie in eine Arena tritt man in ein Rund, von dichten Birken umschlossen. Ein Garten, kunstvoll angelegt, Obstbäume, weiter unten ein Bach, über den man zur Scheune gelangt. Außenhaus heißt sie, und die Gartenwerkzeuge werden dort aufbewahrt. Wir bewundern die sattgrünen Kartoffelstauden, die dichten Erbsen- und Kefenpflanzen, das Beet mit den roten Rüben, und die gelben daneben. Gurken werden in Kästen gezogen, und überall Blumen! Es ist still. Warum bin ich nicht die kleine Kröte, die im Gras hüpft oder das Insekt, das sich in den Kapuzinerstauden versteckt? Oder ich wäre die Birke und wüßte mehr von den Menschen, die hier arbeiten und träumen als jetzt, wo uns nur einzelne Sätze verbinden? Olle bricht verwelkte Stiefmütterchen ab.

Es war der Innenhof, der Raum zwischen unserm Haus und der langen Scheune, nach dem ich mich gesehnt hatte. Eine schöne Fläche mit saftigem Rasen, Obstbäume, wie zufällig verteilt, runde Gartenbeete, in denen verschiedenfarbige Blumen blühen. Die raffinierte Farbstimmung aber läßt ahnen, daß da Kristina ihre Hand im Spiel hatte, vorher Gartenbücher konsultiert, Nachbarn nach der besten Gartenerde befragt hatte. Und dann der breite Kiesweg, eine

schwungvolle Auffahrt, die vom Bach heraufführt, an der Scheune vorbei und mitten auf unser rotes Haus zu. Gern sitze ich auf der Bank am grünen Gartentisch, wo im Schatten eines Birnbaumes Kaffee oder, wenn es warm ist, Saft, aus verschiedensten Beeren gepreßt, getrunken wird. Von hier aus überblickt man das Vorgelände, sieht, wenn jemand kommt, was selten genug ist. Hie und da fährt der Bauer mit seinem mächtigen Traktor vor der Scheune vorbei, um die hinter der Scheune liegende Wiese zu erreichen. Aber man erschrickt nie, die Entfernungen sind so, daß der Lärm gedämpft wird. Noch lieber liege ich im Liegestuhl auf der Wiese, die Augen halb geschlossen, freue mich an den Geräuschen, am festen Schritt Henriks etwa oder dem Trippeln des Pferdes, das von Malin geritten werden soll und schon im voraus unruhig tänzelt, weil das Mädchen ungeduldig ist und mit der Heftigkeit ihrer dreizehn Jahre das Pferd anspornen wird. Auch die Vorräte sind im Keller der Scheune drüben untergebracht. Wenn sie über den Hof zum Haus hinauf geholt werden, kann man sich schon auf das nächste Essen freuen.
Die Schritte im Innenhof; sie sind Widerhall des ruhig dahinfließenden Haushaltes, der nie einem andern Zweck dient, als uns zu ernähren, uns wenig Arbeit zu machen. Doch seit kurzem brachte etwas die Schritte im Innenhof aus ihrem ruhigen Rhythmus. Sie tönen anders. Es werden unruhige und vielleicht überflüssige Gänge getan. Plötzlich kommt Olle zu Unzeiten, das Kalb bockt, das Pferd frißt zuviel, Henrik ist nervös und Kristinas Rezepte versagen. Heute war das Pilzgericht verbrannt, und das Brot ging nicht

auf. Das Gras sei von Jocke, dem Bauern, naß gebündelt worden, bemerkt Henrik grimmig. Die Milch, die Gunvor hätte bringen sollen, finden wir verschüttet auf dem Weg. Gunvor ist vom Rad gestürzt. So kann ich nicht mehr faul im Liegestuhl liegen, blinzeln und warten, bis der Busch mit dem Rittersporn, den ich aus Augenhöhe als graublaue Wolke sehe, in der Sonne hellblau aufbricht. Der ruhige Strom des Haushalts, der uns sicher trug, fließt nicht mehr selbstverständlich dahin. Wir werden nicht mehr fraglos genährt, es ist keine aufgeräumte Freude mehr am Mittagstisch. Launisch bemerkt jemand, daß die Eierspeise eigentlich gar nicht gut schmeckt. Malin spielt zur frühen Morgenstunde ihre Etüden pflichtschuldigst und sehr rasch auf dem Flügel, jagt ohne jedes Gefühl die Noten über die Tasten, eilt davon, hält sich meistens im Freien auf. Der Hausherr, der sich auf ein Konzert vorbereiten sollte, läßt die Geige im Kasten liegen und versteift sich darauf, mit Ohrenschutz versehen, Holz auf der Maschine mit den scharfen Messern zu schneiden, gibt zu, daß etwas passieren könne und man solle ihn möglichst in Ruhe lassen. Wir ängstigen uns und wissen nicht warum.

Wird Malin, das freche Ding, vom Pferd stürzen? Sie schlägt es heftig, wenn keiner es sieht. Es will nicht so, wie sie will. Der Hund wurde vom größer gewordenen Stierkalb gestoßen, er hinkt, und Kristina jammert, daß es ihrem Liebling schlecht gehe; man achte zu wenig darauf, daß er gebrechlich werde. Sie schiebt dem Hund Extrabissen zu. Keiner traut dem andern, keiner liebt den andern so, wie wir glaubten

einander zu lieben und voneinander geliebt zu werden.
Ich bin doch hierhergekommen, um nicht mehr für den Alltagsgang der Dinge verantwortlich zu sein, ich wollte mich ausruhen und nicht daran denken müssen, daß die Speise auf den Tisch komme und alle zufrieden wären. Das hatte bisher Kristina überlegen, mit viel Organisationstalent und mit viel Freude besorgt. Sie war ihr Leben lang eine angestrengte Geschäftsfrau gewesen, hatte sich die Stunden zur Zubereitung der Mahlzeiten erlisten müssen, ihr Stadthaushalt schmorte auf Sparflamme, und jetzt hier, auf dem Lande, genießt sie die Fülle, die gehäuften Vorräte, die Zeit, die man zum Kochen sich einfach nehmen kann. So behauptete sie es wenigstens mehrere Male. Aber nun war etwas Neues eingebrochen in die ruhige Verrichtung der Dinge. Auch ich ziehe mich in mein Zimmer zurück und meine Tagebuchnotizen werden ausführlicher. Warum betont Henrik plötzlich, es sei seine Schreibmaschine, auf der ich schreibe, und er hätte sie reinigen lassen und ein neues Band eingesetzt? Die Zeiten sind vergällt.
Und jetzt macht wohl Kristina einen entscheidenden Fehler: Sie führt uns ihre Macht anschaulich vor Augen, sie reißt die Küche gewaltsam an sich. Kristina hat beschlossen, Hefegebäck herzustellen. Sie ist barfuß und hat sich das Haar mit einem Tuch bedeckt. Will sie wie eine Bäckersfrau aussehen? Jedenfalls wie eine sehr tüchtige Hausfrau. Das Heft der Führung dieser Sommerwochen ist ihr – so denkt sie – aus der Hand geglitten, und nun unternimmt sie

einen verzweifelten Versuch, sich wieder ins Zentrum des Geschehens zu stellen. Zuflucht ins Backen. Hier, nach landesüblicher Art, werden immer große Mengen Backwerk hergestellt. Man weiß ja nie, wer unangemeldet zu Besuch kommt und da will man doch mit Selbstgebackenem aufwarten. Kristina liest in ihren Kochbüchern, vergleicht ein gängiges Rezept mit einem auf dem Mehlpapiersack gedruckten, und erzählt nebenbei, daß sie ohnehin gegen die Sitten dieses Landstriches verstoße, indem sie die Reihenfolge der anzubietenden Süßigkeiten zur Kaffeestunde nicht strikt einhalte. Hier reiche man nämlich zuerst Zwieback, möglichst selber gebackenen, dann Hefebrote, die man *bullar* nennt (sie sind so fad wie der Name), dann Trockengebäck und als Krone eine Torte. Das passe Kristina nicht; was man hinterher über ihre Gastlichkeit rede, sei ihr gleichgültig. Heute demonstriert sie aber doch ihre Macht mit Hefebrot. Mit Hefeteig kann man alle Nichtkönner aus der Küche verjagen, denn da geht es um die richtige Temperatur, um die genaue Zeit des Aufgehens. Kristina stellt die Küchenuhr ein, die zur richtigen Zeit läuten wird – aber das letzte Urteil, ob die Zeit richtig sei, liegt im Auge und Gutdünken der Hausfrau. Nur sie weiß, wie weit der Teig aufgehen muß, um dann noch einmal von ihren knetenden Händen bearbeitet zu werden. Woher sie das wisse? wundere ich mich, als Kristina mich ungnädig verweist, ich hätte ein Handtuch zu früh von einer Schüssel gehoben. Ach ja, sie erinnere sich an die Handbewegungen ihrer Mutter, als diese im Elend ihrer Ehejahre *bullar* backte, um die Kinder zu erfreun; offenbar greift

Kristina nun in eigenen Erniedrigungen zu den gleichen Handbewegungen. Aus der Kindheit Kristinas also der Entscheid, mit welchem Knick die kleinen Brote geteilt, wie dicht sie mit Mandelmasse bestrichen werden müssen, wann mit dem Pinsel das Eigelb anzubringen sei. Wir andern haben mehr die zudienende Rolle übernommen. Wir können nichts anderes mehr tun, als Befehle entgegennehmen und hoffen, daß wir die Griffe nicht zu ungeschickt ausführen, auch wenn wir uns an keine Hefegebäckerinnerungen klammern können.
Die Bleche füllen sich. Zum Erkalten wird das Gebäck auf flache Körbe verteilt. Immer muß der Ofen gleich warm gehalten werden.
Es duftet. Durch den Duft herbeigelockt, kommen allmählich alle Insassen des Hauses wie zufällig in die Küche. Auch Henrik und auch Malin. Es wäre schön, eine Tasse Kaffee zu bekommen, meint Henrik. Kristina wird bewundert, umgeben von ihren Hefekuchen. Jetzt wäre der Augenblick, ein paar Kuchen auszuteilen. Aber Kristina bleibt unnahbar, zählt ab, und läßt sich nur beraten, ob 10 oder 12 Stück aufs Mal im Plastiksack tiefgefroren werden sollen. Es sind Portionen für künftige Einladungen.
Und schon ist der gute Augenblick des Zusammenseins in der Küche verpaßt. Die Hausfrau wollte ihre Macht beweisen, sie wollte, beleidigt wie sie war, ihre Kuchen erst dann verteilen, wann es ihr richtig schien. Da versanken ihre glanzvollen Möglichkeiten aufs Mal. Kristina stand allein da mit ihren Weißmehlhefekuchen, den paar Dutzend, die beim Einfrieren jede Knusprigkeit verlieren. Wie fad sie uns später

schmecken werden! Und in diesen Mengen! Jedem wird es dann schwerfallen, die Hausfrau zu loben.

———

Wenn ich weiterhin vom roten Haus berichte, hoffe ich, die gute Zeit dort wieder heraufzubeschwören und das ausgebrochene Mißbehagen zu vertreiben.
Olle kam heute zum Kaffee, schief und krumm wie immer. Er brachte Salat, Erdbeeren und frische Kartoffeln, die noch mit schwarzer Erde umkrustet sind. Es ist eine sehr feine Erde, wie schwarzer Sand, und wenn ich die Kartoffeln wasche und mit einer Kartoffelbürste reinige – Kartoffelbürsten sind wichtig hierzulande –, werden die Kartoffeln sehr hell; dann läßt sich auch ihre zarte Haut abbürsten. Wir werden sie mit frischen Dillstengeln im Dampf kochen; das feine Kraut von den Spitzen des Dills legt man auf den Teller und ißt es mit den gekochten Kartoffeln und einer Unmenge von salziger Butter.
Olle trägt heute eine seiner ganz lächerlichen zweifarbigen Mützen, die von Traktorvertretungen als Reklame verteilt werden. Aber selbst diese einfältige Jockeymütze beeinträchtigt die Würde des Waldarbeiters nicht. Nur sein Schritt scheint etwas bestimmter geworden zu sein, er zögert nicht so lange, um zu sagen, daß in seinem gestern in unseren Briefkasten gelegten Manuskript drei Fehler zu verbessern seien. Zwei Wörter müßten geändert werden, sie seien falsch und der viertletzte Abschnitt müsse der zweitletzte werden, dann erst stimme es. Ich bringe die Korrekturen an, und Olle verläßt uns, nachdem er sich dieser Aufgabe entledigt hat, mit langem Schritt.

Am Tisch sitzen wir in zwei Lager geteilt, und jede Seite ist darauf bedacht, zu seinem gerechten Anteil zu kommen. Kristina schöpft, verteilt, ist traurig. Wenn Henrik «wir» sagt, meint er nicht mehr Kristina und sich selbst, sondern die Gastgeber.
Auf die Frage eines Reporters, ob er als Städter hier auf dem Lande leben wolle, hat er kürzlich geantwortet: «Ich auf jeden Fall.» Das war für Kristina das Zeichen.

Es ist schwer, die Vorgänge zurückzuverfolgen, jetzt wo wir wie gelähmt dasitzen. Kristina liegt blaß im Bett, sie kann kaum reden. Sie sagte zu mir, es sei wohl besser, ich würde den Salm, den sie heute morgen aus dem Tiefkühlfach der Vorratskammer von der Scheune in die Küche gebracht hatte, das lange steife Paket, wieder zurücklegen, bevor es auftaue. Sie fühle sich außerstande, nur schon an die Sauce Hollandaise zu denken. Dann sagte sie noch leise zu mir, es hätte mit dem Lärm, den die beiden machten, begonnen, das ununterbrochene Reden zwischen den Türen, im Vorhaus draußen, wenn das Mädchen Henrik bei der Arbeit helfen sollte. «Bevor ihr alle gekommen seid.»
Ich hatte mich wohl die ersten Tage hier durch Kristinas Munterkeit täuschen lassen, hatte nicht gemerkt, daß vieles seit dem letzten Jahr sich verändert hatte. Ich hatte die herrischen Rufe der kleinen Malin nur als störend empfunden. Wo das Mädchen sich auf dem Hof auch immer befand, zu Pferd oder im Garten, im Stall oder Traktor fahrend, immer

tönte es durchdringend «Henrik Henrik, schau!» «Henrik komm hierher!» Und Henrik folgte den Rufen. «Sie hat mich nötig, das kleine Ding, ich bin ihr bester Kamerad», entschuldigte er sich bei den Gästen. Ich fürchtete, er mache sich lächerlich. Längst hatten wir gemerkt, daß das Spielzeug Malin, das man als Kinderspielzeug ausgab, für Henrik Ursache größter Verwirrung war und daß die kleine Malin wohl wußte, daß sie auf dem Pferd verführerisch aussah.

Hier setzt man Zahlen gegen das Chaos an und Berichte über das Wetter im eigenen Land gegen politische Katastrophen in der Welt. Nachrichten aus dem Ausland, heißt es zweitklassig im Radio, morgens um 8 Uhr, heute neue Regierungsbildung Carters, Todesurteile im Iran, Bootsflüchtlinge – das Wort Völkermord wird vermieden – 750 weitere werden von europäischen Staaten aufgenommen und anschließend dann, von doppelt so langer Dauer: Regenschauer über Norbotten, Aufhellungen über Götaland, die Winde und ihre Richtungen und die zu erwartenden Abweichungen im Laufe des Tages, dann die Wasser- und Flutbewegung, die Windstärken in der Ostsee, am Skagerrak, am Kattegat, und an jedem der größeren Inlandseen.

Als die Polizei kam, war Kristina ganz ruhig. Nein, kein anderer war in den Unfall verwickelt, kein Auto. Das Mädchen stürzte auf dem Grundstück vom Pferd. Kein Wort darüber, daß Henrik mit dem Lasso Reiterspiele gespielt hatte, Malin übermütig geworden war, daß der Riemen des Helms tatsächlich nicht so festgebunden gewesen war, wie es Kristina dem

Mädchen wochenlang gepredigt hatte. Beim Sturz war der Helm von Malins Kopf geflogen, sie hatte sich am Hinterkopf verletzt. Als wir sie auf dem Bett fanden, auf das Henrik sie gelegt hatte, entdeckten wir, daß sie stark blutete. Sie sei ohnmächtig gewesen, hatte Henrik rapportiert, als wir vom Spaziergang heimkamen und Henrik uns zum Unfallort hinter der Scheune führte, um den Sturz genau zu erklären. Es war dann ein Nachbar, der vom Arzt sprach und der die Ambulanz bestellte, und mit ihr rückte die Polizei an. Kristina führte sich gefaßt auf, erklärte den weißgekleideten Männern, wie sie am besten mit der Bahre die enge Treppe hinaufkämen, und sie gab Malin energisch den Rat, sich nicht zu bewegen und den Anweisungen des Arztes zu gehorchen. Dann gab sie der Polizei sachlich Auskunft und verhinderte, daß Henriks etwas zu sorglose Aufsicht zur Sprache gekommen wäre oder der Übermut Malins.

Das war gestern. Heute hieß es, es sei eine Gehirnerschütterung, die Wunde nicht tief und schon genäht. Heute brachte Henrik Malins Kleider ins Krankenhaus, in ein paar Tagen schon werde sie entlassen, die Eltern seien benachrichtigt und keineswegs beunruhigt. Das Pferd werde gegen ein besseres ausgetauscht, selbstverständlich.

Für Kristina war das alles aber wohl zuviel gewesen. Ich fand sie neulich, an einem heißen Tag, in ihrem Arbeitsraum, den sie vorübergehend als Schlafzimmer für Malin eingerichtet hatte, ihn nun aber wieder zu dem ihren machte. Sie untersuchte mit gezielt genauen Bewegungen ein Streichinstrument ihrer

Sammlung, das sie kürzlich an einen Musiker verkauft hatte. Die Stränge der Geige lägen eine Spur zu kurz über dem Griff, erklärte Kristina. Sie hantierte mit einem Schmirgelpapier und rieb sorgfältig den Bruchteil eines Millimeters vom schwarzen Griff ab. «Das hat sonst Henrik getan», sagte sie leichthin und ohne Anklage. Ich fragte sie nach der Art des schwarzen Holzes, ob es Ebenholz sei? Kristina fing an, in Schränken und Regalen zu suchen, sie kramte ein Stück Ebenholz hervor, bat mich, das Gewicht des Stückes zu prüfen, stellte es auf den Arbeitstisch ins Licht und sagte, das Stück Ebenholz sei eigentlich eine wunderschöne Skulptur, oder etwa nicht? Da sah ich erst, daß sie geweint hatte, sich aber schämte. Ich durfte die Tränen nicht beachten.
Auf einem unserer Abendspaziergänge erwähnte sie ihre Mutter; so wie sie nebenbei beim Backen ihre Mutter erwähnt hatte und wie sie sich plötzlich wieder daran erinnerte, auf welche Weise die Mutter die Mandelmasse auf den Hefeteig mit dem Pinsel verteilt hatte. Und sie erinnerte sich nun auch, welche Pflanzen ihre Mutter auf dem Brett vor dem Küchenfenster zog, sie habe dieselben Töpfe in der Küche stehen.
Es ist mir aufgefallen, daß Kristina die Erdbeeren am Waldrand viel sorgfältiger pflückt als ich.
Morgen kommt Martha. Sie ist Kristinas Freundin, sie soll vor Jahren in diesem Land gelebt haben.

Ich habe lange nicht geschrieben, es waren atemlose Tage, und ich mußte zuwarten, bis ich meine Gedanken ordnen konnte. Martha beherrschte gleich nach ihrer Ankunft im roten Haus die Szene. Aber mit ihr will ich mich nachher beschäftigen, sie ist nicht so leicht unterzubringen, ich denke, daß ich mich sehr oft über sie ärgern werde. Wir sind uns zu ähnlich. Damit ich mir nun selber darüber klar werde, wie alles hier wieder ins Gleis kam, die Dinge an ihren richtigen Ort zurückfanden, die Beziehungen sich zurechtrückten, will ich unsern vergangenen Sonntag schildern, an dem die Familienfeier stattfand.

Nein, rasch noch eine kleine Szene zuvor, welche die Verdüsterungen im roten Haus und dann auch die Entwirrungen besser erklären.

Also der Eintritt Marthas ins rote Haus war nicht zu übersehen, nicht nur weil sie eine große, ich würde sagen fast mächtige Gestalt ist. Sie hält sich zwar locker und manchmal hat man das Gefühl, sie bemühe sich, weniger Platz einzunehmen. Im nächsten Augenblick aber dann auch wieder nicht. Ihre Stimme ist ziemlich laut, sie lacht herzlich und ansteckend, sie kann gut zuhören, und ich kann mir denken, daß viele Menschen sich ihr anvertrauen – aber auf Fragen gibt sie jeweils präzise und auch sehr ausführliche Antworten, sie ist offensichtlich bemüht, ihr Gehör niemandem zu verweigern und in ihren Auskünften den Dingen gerecht zu werden. Martha strahlt viel Sicherheit aus, und wenn sie einen Raum betritt, schauen sich alle nach ihr um. Ich vermute, daß man sich in ihr täuscht und daß sie im Grunde eine schüchterne Person ist. Henrik sagte mir von ihr, er habe sie als junge Frau gekannt, als sie frisch verheiratet in dieses Land gekommen sei, sie sei außerordentlich schön gewesen. An einer Probe seines Kammer-Ensembles seien seine Kollegen fast aus dem Takt gefallen, als ihr Mann Rudolf sie unerwartet in den Saal gebracht hatte. Martha war dabei, als Henrik so von ihr redete. Sie schüttelte den Kopf, glaubte es nicht und dachte wahrscheinlich, es sei eine von Henriks Geschichten, mit denen er so gerne seine Zuhörer unterhielt.

Was hat Martha ihr gutes Aussehen genützt, wenn sie es jetzt, beim Altwerden, immer noch leugnet? Ich werde der Sache schon noch auf die Spur kommen; wahrscheinlich setzt sie bei einem andern Menschen mehr auf ihre Unentbehrlichkeit als auf ihre Schönheit. Wie sehr sie diese Haltung vor Unglück bewahrt hat, frage ich mich.

Aber in diesen Stunden gibt es keine freie Minute, um solche Hintergründe zu erforschen. Im roten Haus ist eine ungewöhnliche Geschäftigkeit ausgebrochen. Es wird gefegt, Tische und Stühle werden geschleppt, Dutzende von Platten bereitgestellt, große Töpfe stehen auf dem Herd, es wird gekocht, gebraten, gerührt, zwischendurch immer nach dem Himmel geschaut, Wetterberichte abgehört. Denn die große Frage ist, ob die Tafel unter dem Birnbaum aufgestellt werden soll oder ob man sich vorsichtigerweise doch aufs Haus beschränke.

Es fällt mir auf, daß ich dauernd über den Haushalt schreibe; vielleicht ist Absicht dabei, zu betonen, was uns Frauen beschäftigt und in Atem hält – Männer sehen so leicht darüber hinweg, was in irgend einer Weise immer im Mittelpunkt unseres Lebens steht: die Ernährung, das Haus, das Befinden der andern.

Martha scheint überall zu sein und unentbehrlich. Sie reinigt Kartoffeln, rührt Saucen, gibt Ratschläge, wenn sie gefragt wird. Ich hätte nicht gedacht, daß sie sich so zurückhalten kann und doch sehr gegenwärtig ist. Sie machte mich aber zur Komplizin mit der Bemerkung, dieser Tag sei wichtig für Kristina, es müsse für Kristina ein Erfolg werden, und wir müßten ihr dabei helfen. Martha deutete an, daß so die Mißhelligkeiten dieses Sommers weggewischt werden könnten, mit einem Schlag. Kristina würde gesunden und ihr Gleichgewicht wieder finden. Martha weiß mehr über die Zusammenhänge, sie schickte mich gebieterisch mit Henrik spazieren, der die Vorbereitungen für den Familientag nur störe. Henrik schien übler Laune, setzte sich eine Mütze auf und stapfte mürrisch vor mir durch den Wald. Die Zweige fuhren uns ins Gesicht. Wir durchwateten Bäche und stiegen auf kleine Anhöhen, wichen auch moosbewachsenen Felsen nicht aus. Ich folgte mit Mühe und verstand nicht, warum wir nicht bequemen Waldwegen folgten.
«Das sind die Grenzen meines Grundstücks, so groß ist mein Land», sagte Henrik plötzlich. «Diese Birkengruppe ist das Zeichen, und den Acker dort, genau vor Jockes Gehöft, habe ich ihm abgetreten zur Bebauung; er gehört mir auch.»
Hier ging ein Mann, der das, was er je erworben hatte, was immer er besaß, sich zusammenrechnen mußte, zusammenzählen! Soviel Quadratmeter hatte er geschafft, das gehörte ihm, hier würde er bleiben, auch wenn die Hände zu krank würden, um die Saiten zu greifen und den Bogen zu führen. Und dann

fing er an, von seinen Töchtern zu reden, als diese noch kleine Mädchen waren. Heute nämlich sollten die Töchter eintreffen, die eine aus England, die andere aus Afrika, beide mit Mann und kleinen Kindern, beide sollten nach Jahren sich wiedersehen, den Vater besuchen, der nun mit Kristina verheiratet war. Die größere Tochter, die lebhafte Barbro, hatte es durchgesetzt, auf der Reise hierher die Mutter zu besuchen und zur Familienfeier mitzunehmen. Henrik sagte mir nicht, daß die Mutter von den Kindern und ihm weggelaufen war und er allein, mit viel Beschwer, für die kleinen Mädchen gesorgt hatte, immer in Angst, auch sie würden weglaufen an ihren einsamen Abenden, wenn er erst spät von Orchesterproben oder Konzerten nach Hause kam. Die Vergangenheit sollte also heute geballt auf Henrik zukommen, er bereitete sich auf seine Weise vor, schritt seine Lebensjahre mit langen Schritten auf seinen Grenzlinien ab.

Später war er still und herzlich. Man spürte ihm seine Beunruhigung nicht an. Kristina hielt sich eher im Hintergrund, als wäre sie nicht die Schöpferin all dieser leckeren Gerichte. Martha stand am Herd, schnitt den Braten und verteilte ihn auf die hingestreckten Teller. Sie hatte nun etwas Schwesterliches und Stellvertretendes angenommen, wie wenn sie Kristina vor den jungen Frauen schützen müßte. Ich überblickte das Ganze nicht und konnte die verästelten Rücksichtnahmen nicht durchschauen. Ich wunderte mich, Kristina durch die erste Frau Henriks verunsichert zu sehen. Sie war ihm und den Kindern doch vor Jahren weggelaufen und zeigte nun als dicke ungestalte Frau, wie sehr sie sich damals auf Genüsse eingelassen hatte; aber nun schien sie von ihnen verlassen worden zu sein. Daß alles reibungslos verlief, hatte ich erst gemerkt, als nach den Aufregungen der Begrüßung, dem Hin und Her mit den kleinen Kindern, die nach dem langen Essen entweder ins Bett geschickt worden waren oder mit dem einen der jungen Väter am Bach spielten, der schwierigere der Ehemänner sich unter einem Vorwand davongemacht hatte, Henrik nach den Pferden schaute, wir aber, alle Frauen des Hauses, in der geräumigen Wohnstube nun miteinander plauderten und schwatzten. Barbro benutzte die Gelegenheit, Martha nach ihren gemeinsamen Erinnerungen zu fragen. Sie habe doch als Musikstudentin abends auf dem Normalstorg heiße Würstchen verkauft und Martha sei oft an dieser Bude vorbeigekommen. Wie sei es denn gewesen? Alles löste sich in Gelächter und in Neckereien auf. Barbro ließ endlich ihr Strickzeug fallen und meinte mit einem Seufzer: «Eigentlich sitzt jetzt die ursprüngliche Familie wieder zusammen» und gab damit der ausgestoßenen, dicken Mutter ihre Rechte zurück, löschte alle Vorwürfe an die Weggelaufene aus. Die Dicke tat nun weniger geziert und Kristina lächelte vergnügt, sie sah ein – wie ich am Abend begreifen sollte – daß ihre Ängste auf diesen Tag nicht dieselben gewesen waren wie die Befürchtungen von Henriks Töchtern. Eine andere Frau hatte Kristinas erste Ehejahre mit Henrik schwierig gestaltet, nämlich Henriks zweite Frau, jene, welche als Erzieherin seiner Töchter ins Haus kam. Sie hatte sich, in die Nöte des verlassenen Vaters eingreifend, unentbehrlich gemacht. Henrik hatte sie sodann kurzerhand geheiratet. Und sie, die zweite Frau, heute abwesend und immer noch grollend, war Kristina gram, als diese, Musikerin und Berufsgefährtin, in Henriks Privatleben trat. Sie war es, welche die Töchter, die nicht ihre waren, gegen die neue Verbindung Henriks aufhetzte, die sich dagegen sperrte, daß sie verlassen und Henrik zu Kristina ziehen würde. Sie hatte Kristina auch verunsichern können, weil sie die Berufstätige als eine schlechte Hausfrau anschwärzte, die nur immer Fertigware einkaufe, zwar klug rede, aber eben eine Familie auseinanderbringe. Sie hätte hingegen doch zwei Kinder, die ihr nicht gehörten, unter Opfern großgezogen und stehe jetzt vor dem Nichts. Kristina schien jahrelang unsicher und von schlechtem Gewissen belastet zu sein. Vor allem verstand sie Henriks Zögern schlecht, der zwar bei ihr wohnte und glücklich war bei ihr, der endlich wieder gut spielte und beteuerte, Kristina hätte ihm das Leben gerettet, aber es nicht zustande brachte, auch als die Töchter längst aus dem Hause waren, diese zweite Frau allein zu lassen und mit ihr, Kristina, zu leben. An diesem Familientag hatte Kristina nun zu fühlen bekommen, daß man sie in ihrer Rolle akzeptierte, ihr dankbar war, daß sie diese Zusammenkunft der ursprünglichen Familie ermöglicht hatte und daß dort, wo noch Mißtrauen vorhanden gewesen war, Barrieren hatten abgebaut werden können. An Kristinas großem Tisch hatte sich nun alles gefunden und eingerenkt; man redete miteinander, es fielen keine Vorwürfe mehr. Kristina war an ihrem Platz, sie war die Herrin des roten Hauses, man hatte sie gern.

Malin übrigens war am Tag vor der Familienfeier verreist, geheilt vom Sturz, etwas stiller geworden, weniger vorlaut. Sie hatte Kristina höflich gefragt, ob sie im nächsten Sommer wieder zu ihr kommen könne, und Kristina hatte sachlich geantwortet: «Wir wollen sehen, liebe Malin, wie es im nächsten Sommer aussieht, bei uns und auch bei dir, denn vielleicht hast du für den nächsten Sommer plötzlich andere Pläne. Es wird sich alles zeigen.»
Spät in der Nacht, nach der Familienfeier, hörte ich Kristinas ruhige Stimme aus ihrem Schlafzimmer tönen, sie unterhielt sich mit Martha. Alle andern waren erschöpft schlafen gegangen. Ich lag noch wach im Bett und versuchte zu verstehen, was die beiden Frauen sich denn noch zu sagen hätten. Sie sprachen aber nicht über die Familienfeier, wie mir Martha später verriet, kein einziges Wort darüber sei gefallen, auch nicht, wie gut alles herausgekommen sei und wie sehr allen die Lammkeule gemundet habe und daß sie, Kristina, sich besonders darüber gefreut habe, daß die kritische Barbro ihr ein selbstgebackenes Brot, ein wunderbares Brot aus dem Ferienhaus in Südschweden, mitgebracht habe. Nein, die Freundinnen sagten sich, wie in früheren Jahren, Gedichte auf, ob ich denn nicht wüßte, daß sie sich, Kristina und Martha, über Verse kennen gelernt hätten vor vielen Jahren und daß Kristina ihr nun zum erstenmal eigene Gedichte vorgelesen habe? Ausgerechnet nach diesem stürmischen Tag! Aber ob es denn nicht ein günstiges Zeichen sei, daß die Familienfeier sich in jambische Rhythmen aufgelöst habe?
Das rote Haus steht immer noch da, es lebt, ich

möchte in ihm bleiben. Vieles hat sich verändert, seit ich vor Wochen hier ankam; oder besser, ich habe etwas ganz anderes von ihm erwartet, als das, was es jetzt für mich bedeutet. Wieder einmal täuschte ich mich, es war falsch zu erwarten, ich könnte das rote Haus aus meinen Problemen ausschließen, es einfach so als Wohnung nehmen, ohne mich mit ihm einzulassen, ich dachte, es ließe sich hier träumen, in Ruhe, ohne Worte. Dann wurde der Zauber gebrochen durch Malins Geschrei und ihr hoppelnd kindliches Reiten, die Tage gerieten außer Kurs, eine lästige Störung. Seitdem ich das rote Haus zufällig kennengelernt hatte, sehnte ich mich, hier zu sein. Diese Stille. Im Winter stehen blaue Hyazinthen an den Fenstern, so sagt man mir, der Schnee liege hoch, und wenn die Städter für die Weihnachtstage ins rote Haus kommen, verlassen sie es kaum noch, sie lassen sich von ihrem roten Haus umhüllen. Das wollte ich auch. Ich wünschte mir, wie eine zufällige Postsendung eines Tages in den großen Holzbriefkasten unten an der Fahrstraße hineingeworfen zu werden, zufällig aufgefischt von Henrik oder Kristina oder einem Gast, aufs Brett im Vorraum gelegt zu werden und zu zufälliger Stunde aufgelesen und an sich genommen werden. So wäre ich unmerklich ins rote Haus geraten, unmerklich hätte ich mich mit der Zeit in der warmen Küche gefunden und wäre im Tagesablauf so mitgetrottet, ohne aufzufallen. Es ist doch verständlich, ich hatte ein Leben, gespickt mit Abmachungen und Verantwortungen für eine Familie, die sich nun zerstreut hat, mich zurückließ. Ich hatte mich selbst verloren, ich kannte mich nicht mehr, weil ich nicht mehr in Diensten stand, bis ich zusammengeflickt und auf mich selbst aufmerksam gemacht wurde. Ich war aber noch müde von den von außen bestimmten Jahren, müde von einem Stundenplan, einem Tagesablauf, der einen zusammenhält, solange er fordert. Läßt er nach, fällt man durch die Maschen. Müde war ich hierhergekommen. Hier wollte ich mich nicht mehr behaupten, mich nicht mehr mit meiner Umgebung auseinandersetzen müssen. Ich wollte im roten Haus blättern wie in einem Bilderbuch.

Nun ist aber Martha eingetroffen, sie hat Kristinas Wunden verbunden; daß Kristina von einer Operation her unter dem Arm noch eine offene Wunde hat, die nicht heilen will und ihr Schmerzen verursacht und wohl auch Sorgen macht, das merkte ich nicht, nicht einmal das habe ich bemerkt; bis zum Abend, als ich Martha mit Verbandzeug in Kristinas Schlafzimmer verschwinden sah, sie hatte sanft eine Handreichung übernommen, die bisher nur Henrik tun durfte. Auch sonst hat sie allerlei Neues ins Haus gebracht. Man merkte es zunächst kaum, weil Martha verbindlich ist, auf alle Scherze eingeht, dann aber doch genau das tut, was sie sich vorgenommen hat. So fuhr sie vergangene Woche plötzlich ein kleines Mietauto die Auffahrt zum roten Haus herauf und stellte es in den Schatten hinter der Scheune. Dabei hatte ich die sehr erregten Vorbehalte Henriks mitbekommen, sie dürfe niemals einen Wagen für sich mieten, er, Henrik, fahre sie doch in seinem, wohin sie wolle, wann immer sie wolle. Habe er sie nicht auch zu ihren Freunden am großen See gefahren und sie abgeholt zur gewünschten Stunde? Sie hätte ja nur anrufen brauchen. Er drohte sogar, sie werde in einem Graben landen, verunglücken, von einem Elch überrannt werden, sie werde sich verirren in den Wäldern, sie kenne die Wege nicht und nicht mehr die Gewohnheiten auf diesen einsamen Straßen. Alle Einzelheiten bekam ich in der für mich fremden Sprache nicht mit, aber der Ernst der Situation schüchterte mich ein, ich hatte Henrik noch nie so eindringlich sprechen hören. Kristina faßte dann, nachdem Henrik die Küche verlassen hatte, Martha am Arm und bat sie inständig, Henrik nicht zu beleidigen. Er verstehe da keinen Sapß, er habe Angst um seine Freunde, und es sei doch lieb und hilfreich von ihm gedacht, er sei eben ein so hilfreicher Freund. Ich war sehr gegen einen Aufstand im roten Haus, um des Friedens willen, ich wünschte, Martha werde Vernunft annehmen.

Merkwürdigerweise fuhr sie heute los, wieder zu den Freunden am großen See, es regnete in Strömen und Henrik hatte am Morgen gesagt, die Gewitter nähmen zu, es solle keiner das Haus verlassen. Dann aber sah ich, wie Kristina und Henrik recht fröhlich Martha ziehen ließen, ihr Ratschläge gaben, Karten ins Auto packten, eine warme Jacke auf den hinteren Sitz legten und sie herzlich darum baten, doch das rote Haus anzurufen, kurz bevor sie die Rückfahrt antrete, damit man den Augenblick ihrer Ankunft ausrechnen könne, sich nicht beunruhige oder, notfalls, Hilfe ausschicken könne. «Ich komme dich überall holen», sagte Henrik versöhnlich. Hatte ein Machtkampf stattgefunden, der in einen Sieg Marthas ausmündete?

Es war aber komplizierter. Martha triumphierte keineswegs, sie wirkte gelassen, ein bißchen glücklich freilich, und dann auch eine Spur unternehmend. Sicher freute sie sich auf die Fahrt und darauf, andere Freunde zu treffen. An ihrem leisen Nicken zu Kristina hin merkte ich plötzlich, daß sie sich eigentlich für Kristina behauptet hatte, daß es ihr darum ging, der Freundin zu größeren Freiheiten zu verhelfen: Indem sie diese Fahrt für sich, nach ihrem eigenen Gutdünken gestaltet, durchgesetzt hatte, gab sie der Freundin die Möglichkeit, das eigene Revier zu behaupten, Grenzen zu setzen für den Raum, der nur Kristina gehören sollte. Keine Machtkämpfe im roten Haus zwischen Kristina und Henrik, kein Werben um die Gunst der Gäste, kein Kampf, wer abwaschen müsse und wer reiten dürfe, sondern Schutz für Kristina und ihre eigene Arbeit. Der Arbeitsraum Kristinas, wo ihre Streichinstrumente in Schränken und Gestellen untergebracht waren, die sie gern in die Hand nahm und Interessenten zeigte, wo eine Geige geprüft wurde, Saiten bespannt, Stege neu aufgesetzt wurden, war allmählich nicht mehr der Durchgangsraum für jedermann, der Raum, in den man achtlos seine Koffer hinstellte oder Flickzeug oder Bücher liegen ließ auf dem großen Arbeitstisch, er wurde, ohne daß ein Wort fiel oder gar Befehle ausgegeben worden wären, zum Mittelpunkt des Hauses. Hier zog sich Kristina zurück, nicht mehr grollend in ihr Schlafzimmer, hier unterhielt sie sich ausgiebig mit Martha. Ich hatte das Gefühl, daß Martha ihr viel erzählte oder daß die beiden Erinnerungen aus früheren Jahren austauschten. Ich wurde eifersüchtig, hätte gern

wissen wollen, was die beiden sich zu sagen hatten. Dann merkte ich, daß Henrik häufiger die Treppe hochstieg und sich in Kristinas Raum zu schaffen machte. Er wurde dann immer gebeten, das eine oder andere Instrument auszuprobieren. Kristina hörte jeweils mit geschlossenen Augen zu und machte ihre Bemerkungen zur Klangfülle und zu einzelnen Tönen. Sie schien ihre Instrumente nicht nur nach ihrer Form und ihrer Farbe, der Zeichnung, der Beschaffenheit des Holzes, sondern auch nach den Tönen genau voneinander unterscheiden zu können, sie wußte um die Qualitäten ihrer Geigen und um ihre Spielbarkeit, ihre Vorzüge und ihre kleinen Tücken. Manchmal saß Kristina abgewandt und Henrik wechselte die Instrumente, ohne daß sie es merken sollte, spielte rasch die Tonleitern hinauf und hinunter, aber Kristina wußte das Instrument immer genau zu erkennen und meinte dann etwa: «Jetzt, Henrik, hast du die Geige nicht gewechselt, es ist dieselbe.» Oder: «Das ist jetzt wieder die von B., an der wir den Steg eine Spur versetzen müssen.»
Ich erfuhr erst jetzt mehr von Kristinas Beruf, von ihrer Tüchtigkeit und Fachkenntnis, ihren Gutachten über Streichinstrumente. Wir schauten Bilder an von früher, Kristina in Österreich bei einem Geigenbauer, sie kletterte eine Leiter hoch, um oben im Holzlager des Geigenbauers nach Holz zu suchen, das ihr geeignet schien. Es brauchte aber immer Marthas Fragen, gezielte Fragen, bis Kristina Auskunft gab und berichtete. Es fiel mir auf, daß Kristina dann wie ausgewechselt war, sachlich, fast kühl, aber man spürte plötzlich ihre Leidenschaft. Über das Geigen-

bauen konnte niemand so reden wie sie, und für die Schönheit des Holzes brauchte sie Ausdrücke, die sonst in ihrem Wortschatz nicht vorkamen. Sie war dann jeweils eine andere zu Henrik, wie ausgewechselt, unbesorgt und direkt. Sie behandelte Henrik nicht mehr wie einen Star, zu dessen Wohlbefinden nur sie das Richtige beizutragen hätte, nur sie wüßte, was getan werden müsse, damit Henrik sich in Ruhe auf ein Konzert vorbereiten könne; ach, diese für sie und für uns erniedrigende Zeit, als Kristina auf leisen Sohlen ging und das auch von uns verlangte, jede Gelegenheit wahrnahm, die schmerzende Schulter Henriks zu massieren, ihm zuzuflüstern: «Aber das darfst du doch jetzt, in diesem Augenblick, nicht tun, es ermüdet dich.» Oder: «Hast du gut geschlafen?» «Hast du nicht vergessen, die Pillen heute früh einzunehmen?» und so weiter. Ich gab mir dann Mühe, die besorgten Handbewegungen Kristinas nicht zu sehen, mich nicht über ihren flüsternden Ton zu ärgern, wenn sie sich nach Henriks Befinden erkundigte und ihm davon abriet, dem Flötisten die Noten in die nächste Stadt zu bringen; das würde ihn zu sehr anstrengen, sie würde es für ihn tun. Wir andern sollten diesen Kult mitmachen, und wenn wir es nicht taten, hatten wir die künstlerische Größe Henriks nicht erfaßt.

Aber in ihrem Arbeitsraum wurde nun alles anders, auch im Konzertsaal, als Henrik spielte. Da bekam Kristina wieder diesen konzentrierten Ausdruck und scheute sich nicht, hinterher Henriks Spiel sachlich zu beurteilen, ihm ihre Freude über das Gelungene mitzuteilen und weniger Gelungenes mit Henrik zu diskutieren. Wieviele glückliche Stunden im roten Haus!

———————

Ich gestehe es mit Scham, aber ich habe, als ich auf Marthas kleinem Tisch, den sie sich als Schreibtisch eingerichtet hat, nach dem vermißten Flugplan suchte – Henriks Tochter Elisabeth mußte früher als geplant mit den Kindern nach England zurück, weil der Umzug der jungen Familie ins neue Haus vorverlegt worden war – einen Blick auf die lose herumliegenden Blätter geworfen, die, zu meinem Erstaunen, als Albumblätter bezeichnet waren. Weiße Albumblätter. Die Bekenntnisse einer schönen Seele, dachte ich spöttisch und begann zu lesen, ein Lied trällernd. Man durfte unten im Haus nicht auf den Gedanken kommen, daß ich mich mit einem Text beschäftigte und nicht mit dem Suchen nach einem Flugplan. Martha hatte mir noch im Garten zugerufen, er liege vielleicht bei ihren Sachen, ich solle doch nachschauen: Vielleicht wollte sie sogar, daß ich von ihrer Beschäftigung an stillen Nachmittagen wisse? Sie hört mich nämlich schreiben, sie weiß, daß ich ständig Tagebuch schreibe, und ich sagte ihr auch, ich täte dies zu meiner Heilung, ich sei krank gewesen, ich könnte vorläufig nicht leben, ohne in ständigem Gespräch mit mir selber zu bleiben. Sie hatte ohne eine sichtliche Reaktion zugehört, ich denke nicht, daß sie sich über mich lustig machte, aber sie zeigte kein größeres Verständnis, schien auch uninteressiert an meinen Schwierigkeiten und wie ich sie in den Griff zu bekommen versuche. Martha, die tüchtige,

Martha, die erfolgreiche, die vorwärtsstrebende Martha kann sich mein stilles, mein gestörtes Leben kaum vorstellen. Nachdem ich das merkwürdige Albumblatt überflogen hatte, wurde ich unsicher. Martha, die doch berufshalber schrieb und soviel ich weiß, viele Artikel und Reportagen verfaßte – reports, sagte sie einmal, aber ich kenne den Unterschied nicht –, schreibt nun plötzlich eigene Erinnerungen auf, wie wenn auch sie, schreibenderweise, auf der Suche nach sich selbst wäre. Darüber wundere ich mich.

Bevor ich Martha fragen konnte, bevor wir in der Küche – Kristina kochte unberührt weiter – allgemein über das Schreiben redeten, und ein wenig auch über meine Schreibpläne, die ich ungern zugab, aber nicht mehr verheimlichte, hatte mir Martha ein zweites Albumblatt zum Lesen auf mein Zimmer gelegt, eine Geschichte nämlich, und gab mir damit zu verstehen, daß sie mein Stöbern in ihren Sachen bemerkt hatte, mir aber nicht böse sei; im Gegenteil, es schien ihr zu passen, und es scheint sie nicht zu stören, daß ich ihre Texte lese, andererseits will sie offensichtlich von meinem Tagebuch nichts wissen. Soeben klopfte Martha an meine Türe und gab mir wieder etwas zu lesen, das sie als drittes Albumblatt bezeichnet, sie habe es zwar nicht hier, sondern früher geschrieben, sagte sie wie nebenbei, aber es gehöre in den Zusammenhang. In den Zusammenhang auch von unseren Küchengesprächen über Gleichberechtigung.

Solvejg kam ins rote Haus, zusammen mit ihren blonden Zwillingen, die sich gegenseitig nur mit dem

Namen des großen Skihelden dieses Landes anreden, mit ‹Ingmar›. Die Zwillinge sind ein zartes Mädchen und ein schmaler Bub. Martha ging mit den beiden sofort an den Bach hinunter zum Spielen, sie setzten Papierschiffchen aufs Wasser, und sie schlossen Wetten ab, wieviele von den leichten Fahrzeugen über die Wasserschwelle kämen, ohne zu versinken. Mit Solvejg kam ein Mann, der viel älter zu sein scheint als sie, er ist der Vater der Zwillinge, aber nicht verheiratet mit Solvejg, aus welchem Grund auch immer. Man sagte mir, er sei Mathematiker und arbeite zu Hause und backe ein sehr gutes Roggenbrot. Während die junge Frau im Haus blieb, ging er mit Henrik bis ans äußerste Ende des Gartens, gegen den Acker hin, sie schienen über Kartoffeln zu reden, Henrik hörte sich die Meinung seines Besuchers an. Mir blieb wenig anderes übrig, als mich in mein Zimmer zurückzuziehen. Alle waren so beschäftigt. Ich wußte, daß Solvejg Ärztin ist und daß Kristina wegen einer neuen Behandlung ihren Rat nötig hatte. Das war nun also Solvejg; den Namen hatte ich oft gehört, es hatte nur lange gedauert, bis ich bei der für mein Ohr ungewohnten Aussprache, die wie Sulwej tönte – mit scharfem S und der Betonung auf dem Vokal u – merkte, daß es sich um Solvejg aus Ibsens Peer Gynt handelt; eine Frauengestalt, die mich immer geärgert hat mit ihrer vierzigjährigen Geduld, nur um nach dieser Wartezeit dann ein Lied zu singen. Nie hätte ich gegenüber den beiden andern Frauen eine Bemerkung wegen meines kleinen Ärgers über Solvejg gemacht. Kristina hätte mich ausgelacht und Martha hätte sofort gesagt, «ist doch nur eine Erfindung der

Männer, diese edle Warterei, so wollen sie uns haben», hätte gleichzeitig fragend die linke Braue gehoben, und ich hätte sofort verstanden, daß sie mich anfällig hält für dieses passive Warten, zwar ohne Gesang, aber in tiefster Resignation. So verhält es sich ja auch. Mir ging dann aber auf, daß die Beziehung zum Namen Solvejg in diesem musikalischen Haus über die Griegsche Solopartie geht, denn einmal äußerte sich Kristina, etwas bedächtig, drum bekam ich's mit, gegenüber der hastigen Martha, ihr lägen die Kompositionen Griegs nicht mehr so nahe wie früher, als sie beide jung gewesen seien in diesem Land und voller Hoffnungen. Und noch immer ging es mir nicht auf, daß Solvejg, die junge Ärztin, Kristinas Tochter aus ihrer ersten Ehe sei. Erst jetzt, als die beiden Frauen aus Kristinas Schlafzimmer kamen, in die Küche gingen und alle auf dem Hof zu einer Mahlzeit zusammenriefen, ich zuerst am Tisch saß und mich wunderte, wie zart-höflich die junge Frau mit Kristina umging, wie scherzend-sachlich Kristina der Ärztin antwortete und beide mit gleichen Bewegungen hin und her gingen, die Teller rückten, die Tassen füllten, die am Bach naß gewordenen Kinder nicht ausschimpften, sondern lachend trockneten, und ich die gute Übereinkunft bewunderte, erschrak ich beinahe darüber. Wie hatte Kristina es geschafft, ihre Tochter so zu entlassen, daß sich nicht nur zwei Erwachsene begegneten, sondern daß auch von Seiten dieser Tochter offensichtlich keinerlei störende Erinnerung an einen früheren gemeinsamen Haushalt aufstieg, in dem sie, die kleine Solvejg, erzogen und gewiß auch ermahnt worden war. Wie ist es möglich gewesen, daß bei all unseren Küchengesprächen Kristina kein einziges Mal «meine Tochter» sagte oder sich mit «meine Solvejg» brüstete, so wie ich früher immer zu reden anfing mit «meine Kinder» und sie auch mit Worten vor mir herschob als meine einzige Lebensberechtigung. Hier im roten Haus hat man mich nie nach meiner Familie gefragt, weder nach meinem Mann, der mich verlassen hat, noch nach meinen Kindern, die aus meinem Leben verschwunden sind. Taten sie es nicht aus Schonung, weil sie hinter meiner Niedergeschlagenheit ein schweres Schicksal vermuten, das mich einsam macht? Ich denke, es läuft anders: Man ist in diesem Land an verworrene, an unkonventionelle Familienverhältnisse gewöhnt, und man will sie sich nicht erklären lassen. Menschliche Neugierde kommt hier nicht vor, man äugt nicht über den Gartenzaun ins Revier des andern, es gibt gar keine Zäune, und so wie jeder über viel Umschwung verfügt – es sind Kilometerlängen bis zum Nachbarn – so überläßt man jedem andern einen weiten persönlichen Spielraum. Selbst Martha, von Natur aus neugierig und übergreifend, hat den Respekt vor dem Revier des andern erlernt, wie sie mir vor einiger Zeit gestand. Das erste Wort, das sie hier aufgeschnappt habe, sei das Wort *svängrum* gewesen, sie übersetzte es mit Spielraum, dabei holte sie mit den Armen weit aus und deutete an, daß man damit Platz meint, sehr viel Platz.

Seit ich Marthas drei Albumblätter nun endlich gelesen habe, ist mir das eigene Schreiben verleidet, es ist so ereignislos. Ich saß mit Martha in der Küche. Alle Gäste sind verreist, die Höhe des Sommers ist überschritten, Kristina wollte mit Henrik allein in die Stadt fahren. Die kleine freche Malin, die uns alle so aufscheuchte, wird mit keiner Silbe mehr erwähnt, auch ihr Sturz nicht und ob ihre Kopfwunde gut verheilt sei; Pferde gibt's nicht mehr auf dem Hof.

Ist es so, daß ich nicht mehr so genau wahrnehme? Etwas lustlos lese ich Olles Geschichten durch, er bringt immer wieder neue, ich habe Mühe, seine krakelige Handschrift zu entziffern und auf meiner Schreibmaschine abzuschreiben, es seien feinste Naturbeobachtungen, versichert mir Kristina immer wieder, die sich, seit sie hier wohnt, für jeden Vogelflug, für jedes Pflänzchen interessiert. Oder ging die Frische des Sommers zusammen mit meinem Tagebuch verloren, weil keiner daran Anteil nimmt und ich einsehe, daß ich ja nicht ewig im roten Haus bleiben kann und träumen und ein bißchen aufschreiben. Irgendeinmal muß ich einen Entschluß fassen und weggehen. Ich kann den andern auch nicht gestehen, warum ich eigentlich hier bin, warum ich alles in meinem Leben für verpfuscht halte und warum ich tastend, hier im Norden, wo alles neu ist für mich, einige Schritte tue. Dableiben wollte für immer, weil mich hier äußerlich nichts angeht. Jetzt sehe ich ein, daß man seine Brücken nie abbrechen kann, man muß dorthin zurück, wo man versagt hat. Wo aber ist mein Stück Erde, auf dem ich mich selbstverständlich bewegen kann und, über mich hinweg, eine Tätigkeit aufnehme? Wo ist der Ort, hinzugehen?
Ich sprach mit Martha, als wir allein waren. Vorher,

zu dritt, hatten wir allgemein über das Schreiben gesprochen, weil Kristina uns nebenbei, den Rücken zuwendend, fragte – sie wiegte Kräuter für ein neues Gericht – ob wir beide so fleißig schrieben, weil wir Termine hätten? Sie verstand mein Abwehren nicht, ich drückte mich wieder einmal zu ungenau aus, weil Kristina sich nicht vorstellen kann, daß man schreibt, ohne zu publizieren, nur einfach, um sich zu finden. Martha versteht es, sie braucht keine Erklärung. Obschon sie es wohl gar nicht wünschte, sagte ich ihr, ich hätte ihre drei Albumblätter wirklich gelesen, sie schreibe wohl zu ihrer Biographie, wenn ich recht verstände; sie habe ja auch ein interessantes Leben gehabt, sei viel herumgekommen, habe wichtige Leute getroffen.
Zuerst lachte Martha hell auf, dann meinte sie, wie solche Verwechslungen möglich seien, nachdem wir nun doch schon so viele Wochen zusammenlebten.
«Du vermischest meine geographischen Ausschweifungen, die sich für mich so ergaben, auch beruflich, mit interessanter Lebensführung.» Martha wurde dann aber ernst, und gab zu, daß sie, schreibenderweise, über ihr Leben nachdenke und wissen möchte, inwiefern die großen Ereignisse – der Nationalsozialismus, der Weltkrieg, die Vernichtung eines Volkes – ihre eigene Biographie geprägt und, wenn möglich, verändert habe, auch wenn sie, äußerlich gesehen, nur am Rande betroffen worden sei. Man müßte doch bis ins Innerste davon aufgerüttelt worden sein und könne nicht in derselben Weise weiterleben. Das alles zusammenzufassen, gelinge ihr aber nicht, auch feßle sie ihr eigenes Schicksal zu gering. Es bleibe bei

Szenen, die sie aufgeschrieben habe, auf weiße Albumblätter, Szenen, über die sie sich klar werden wolle, um weiterzugehen. Wenn ich es wünsche, könne sie mir alle hier lassen, sie verreise bald, die Texte hätten keine Bedeutung mehr für sie.
«Die so formulierten Erfahrungen plagen mich nicht mehr, sie sind von mir abgefallen», sagte sie und fügte hinzu: «Du mußt über deinen Schmerz schreiben, Lisa, welcher Art auch immer, dann wirst du frei.» Der Satz traf mich, sagte aber nichts. Martha erwartete auch keine Antwort. Ich fragte sie nur noch, was für Pläne sie habe. Sie habe genug vom Rückwärtslesen, sie wolle die verflossene Zeit nicht mehr aufrufen, sie habe mit den Albumblättern einige ihrer verlorengegangenen Räume aufzuhellen versucht und sie sich so angeeignet. Nun möchte sie nur noch Geschichten erzählen. Weißt du, Geschichten, welche andere zum Tanzen bringen. Es wird mir wahrscheinlich nicht gelingen, so werde ich mich mit einigen aufmüpfigen Sätzen begnügen, in Artikeln und Berichten, wer weiß, ob nicht wenigstens einer aufsteht und nicht hocken bleibt. Ich werde bald wegfahren. Kennst du die Geschichte vom Baalschem? «Mein Großvater war lahm. Einmal bat man ihn, eine Geschichte von seinem Lehrer, dem heiligen Baalschem zu erzählen. Da erzählte er, wie der heilige Baalschem beim Beten zu hüpfen und zu tanzen pflegte. Mein Großvater stand und erzählte, und die Erzählung riß ihn so hin, daß er hüpfend und tanzend zeigen mußte, wie der Meister es gemacht hatte. Von dieser Stunde an war er geheilt. So soll man Geschichten erzählen.»
Die Großväter und die Großmütter, fügte Martha

auf mich deutend hinzu, wir beten wohl alle nicht mehr. Und lahm sind wir längst geworden. Aber ein paar Geschichten sollten wir bereit halten.

Es sind zwei oder drei Wochen vergangen, ereignislos. Der Sommer ist nun bald am Ende, Hoffnung auf anderes zeigt sich nicht mehr. Die eifrige Geschäftigkeit im roten Haus, die Erwartung neuer Gäste, das Rüsten auf Festtage ist eingeschlafen. Kristina spricht bereits vom kommenden Winter und daß man an die Umbauarbeiten der Veranda denken müsse, damit der Schnee nicht eindringe. Olle wurde ins Krankenhaus gebracht. Er konnte plötzlich nicht mehr essen. Seine Schwester Anna öffnet niemandem die Türe. Die Auskünfte des Arztes sind dürftig, man müsse sehen, wie sich alles entwickle, wahrscheinlich sei eine Operation notwendig. Mir fehlt die dürftig magere Gestalt des Waldarbeiters. Waren wir für ihn ein letztes Aufleuchten seiner Schreibträume? Vom Honorar einer Geschichte, die übers Radio gesendet wurde, hat sich Olle ein neues Fahrrad gekauft und uns stolz vorgeführt, der Nickel glänzte. Er wird bald sterben, sagt Kristina. Warum kann er nicht unter einem Baum sterben, früh morgens, wenn er in den Wald geht und so still sitzt, daß die Tiere ringsum ihn nicht bemerken und sich bewegen, wie wenn er zu ihnen gehörte.
Die Macht des Hauses ist wie ausgelöscht. Es erstaunt mich nicht, daß Martha plötzlich die Koffer packt und mir wie nebenbei sagt, sie müsse morgen verreisen. Sie muß es wohl keineswegs, sie will. Ich merke ihren neuen Widerstand gegen die Hausordnung.

Wenn sie in die Küche kommt, und Henrik sie fragt, wieviele Toastscheiben er für sie rösten dürfe, antwortet sie: «Das weiß ich doch jetzt noch nicht. Laß mich zuerst eine Tasse Kaffee trinken!» Vielleicht passe ihr heute grobkörniges Knäckebrot besser, so ein Stück, das man knackend aus einem Rund bricht, mit Käse. Henrik sagt dann kein Wort mehr, bietet aber nicht wie gewohnt Butter an, bevor er selbst seine Brote bestreicht, nur Kristina, die ihre Freundin gut kennt, sagt kühl: «Käse steht im Eisschrank.» Martha erträgt wohl das Abgezählte nicht. Ich sah neulich, wie sie anstatt vier Löffel Kaffeepulver einen fünften in den Papierfilter zählte, ganz laut. Kristina notiert diese Übergriffe in ihre strenge Ordnung gelassen, das Überschwengliche an Martha ist ihr bekannt, sie nimmt sie als sommerlichen Zuwachs und weiß, lange dauert's nicht.

Mit Martha habe ich nie mehr über unsere Schreiberei gesprochen, es ist mir klar geworden, daß sie die meisten ihrer Albumblätter früher geschrieben hat, sie hier nur ergänzte und vielleicht in einen gewissen Zusammenhang zu bringen versuchte, was ihr, wie sie mir zugab, mißlungen ist. So ist ihr Interesse an ihnen erloschen; sie habe durch diese Schreibstücke, die keine seien, einiges in sich selbst erledigen müssen, gestand sie mir ein zweites Mal. Wenn ich sie trotzdem lesen wolle, lasse sie mir alles hier, ich bliebe ja wohl noch hier und kritzle weiter in mein Tagebuch? Das war wieder einmal etwas hochnäsig von ihr, aber ich bin ihr nicht gewachsen und kann nicht antworten. Ich habe sie auch nicht gefragt, wohin sie fährt. Von Kristina weiß ich, daß sie wieder in Frankreich

leben will, weil sie das Land anziehe. Ich sage ihr nicht, daß auch für mich die Tage im roten Haus zu Ende gehen. Ich will daheim eine Halbtagsarbeit übernehmen, es knüpft sich da etwas an; so klammere ich mich an eine Regelmäßigkeit und werde nicht mehr durch die zu weit gewordenen Maschen meiner Tage fallen. Alles scheint nicht mehr so wichtig seit diesem Sommer hier, die äußeren Schritte werden sich nach den innern richten, nehme ich an.
Ich gestand Martha auch nicht, daß mich die Lektüre ihrer Albumblätter und ihre Bemerkung, man müsse über seinen Schmerz schreiben, irritierte. Ich schrieb auch nicht mehr. Ich übernahm eine Gartenarbeit; ich häckelte, ich riß Unkraut aus, ich versuchte mit einer Sense, eine Ecke mit Nesseln auszurotten. Es war so ermüdend, daß ich abends erschöpft umfiel. Henrik und Kristina schienen froh zu sein, daß ich aus meiner Lethargie erwachte und etwas beitrug zum Gedeihen des roten Hauses. Mein Notizbuch blieb verschlossen. Ob Martha damals noch auf ihrer Maschine tippte, entging mir, da ich meistens draußen war. Wenn ich mit den beiden Frauen in der Küche saß, beugten sie sich über Rezeptbücher, sprachen über Gewürze. Zum Beispiel, daß zum Salm Muskatblüten gehören, Martha ließ sich Quantitäten diktieren. Kristina wurde dann ganz eifrig. Ich wußte nie recht, ob Martha sich wirklich für die Rezepte interessierte, so viel ich weiß, führt sie keinen Haushalt, oder ob sie nur Kristina zuliebe zuhörte, aufschrieb, Rührzeiten und Mengen notierte, weil Kristina sich derart aufs Kochen konzentrierte, um die Aufgabe ihres Instrumentenhandelns zu vergessen; ich weiß es nicht.

Ich will es auch gar nicht wissen, denn anderes drängt sich an die Oberfläche. Martha ist übrigens seit einer Woche weg, und ich werde ihre anderen Albumblätter, die sie hier ließ, später lesen.

Ein Gewitter ging über das rote Haus. Es war schwül gewesen, und ich hatte mir auf meinem Platz am Wasser, wo ich Erlengebüsch rodete, kaum zu helfen gewußt vor Hitze. Ich hantierte mit einer großen Schere, die man mit beiden Armen bedient, ich schnitt, ich schnappte Äste ab. Das Arbeiten mit der Sense hatte sich als ungeeignet erwiesen; ich war auch zu ungeschickt, damit umzugehen. Immer wieder stieß ich in einen Erdklumpen, die Sense wurde stumpf und mußte geschliffen werden. Das tat ich zwar gern, das Geräusch des Schleifsteins auf dem Metall, in kurzen rhythmischen Strichen, lag mir süß im Ohr; als Kind war ich davon aufgewacht, wenn der Bauer an einem frühen Sommermorgen die Wiese ums Haus mähte. Wie fern alles, wie vertraut doch, Geräusche und Gerüche wecken Erinnerungen auf. Man träumt sie hervor. Aber Henrik riet entschieden zur Schere. Also zwang ich, mit jeder Hand einen Griff fassend und mit den Armen weit ausholend, die Klingen der Schere in Äste und Zweige, daß es knackte. Ich merkte nicht, daß schwarze Wolken sich rings um unsere Waldlichtung ballten. Dumpfes Grollen und Donnern. Man hatte mir immer gesagt, daß die Gewitter an dieser Stelle vorbeiführen, verjagt würden aus unserm Rund, daß es nicht gefährlich sei. Als die ersten Tropfen fielen, empfand ich es als Erlösung. Die schier unerträgliche Spannung in der Luft entlud sich. Etwas in mir schien auseinander-

zubrechen. Ich achtete nicht auf die Zurufe vom Haus her, ich müsse heimkommen. Ich arbeitete mit aller Kraft weiter, ich wollte die angefangene Bahn zum Bach hin fertigschneiden, den Weg erzwingen. Ich merkte auch nicht, daß ich schon völlig durchnäßt war und daß die Blitze immer rascher zündeten und in die Erde fuhren. Erst als Henrik mir die Schere aus der Hand riß und mich am Arm wegzog, wütend, daß ich nicht auf ihn gehört hatte, kam ich zu mir. War ein Blitz in mich hineingefahren und hatte mich aufgerissen bis auf den Grund und endlich bloßgelegt, was zugedeckt war? Gab es unter dem friedlichen Waldboden hier nicht Stollen und Gänge stillgelegter Erzbergwerke, von denen man ängstlich sprach? Niemand wußte, wo sie verliefen, aber irgendeinmal würde sich der Boden öffnen und man fällt in einen Schacht.
Komm herein, sagte Henrik. Er ist ganz sicher, daß sein Haus schützt. Auch Kristina ist sicher, daß das Einteilen ihres Essens in Portionen richtig ist. Ist auf diese Weise durchzukommen?
Endlich kann ich den Satz schreiben: Es gibt keinen Trost. Ich habe meine Träume verloren. Wenn Kinder erwachsen sind, erzählen sie ihre Träume nicht mehr; sie haben ihre eigenen, und meine haben sie mitgenommen, die Träume sind mit ihnen weggegangen. Etwas ist aufgerissen worden, es wird nie mehr zusammenwachsen. Ich höre nicht hin, wenn Väter verständnisvoll von ihren erwachsenen Kindern erzählen, deren Leben schildern, das vielleicht anders verläuft, als einst gedacht, aber eben doch ganz wundervoll sich entwickelt. Es ist, wie wenn sie ihre

Söhne verteidigten vor ihren eigenen Erwartungen, sie seien großartig, die ihren, warum erzählen sie es immer wieder? Mütter zeigen mir Fotos, sagen die Namen der Enkel, wo sie leben, und Weihnachten seien sie alle gekommen, aus Amerika und aus Japan und aus Wollishofen.

Wie war es denn, bevor die Kindheiten sich davonmachten und in Ländern verschwanden, die ohne Gerüche sind und die für mich keine Erinnerungen haben? Bevor die Grenzen gezogen wurden zwischen erwachsenen Menschen, so wie es sein muß? Aber für die Mütter sind die Grenzen Steine, sie können mit ihren Händen nie mehr hinüberreichen und ihre Kinder streicheln. Warum sterben Mütter nicht, nachdem die Kinder aus dem Hause sind? Und auch wenn sie nebenan wohnen, sind sie weit weg.
«Wir haben Freude an unseren Kindern», erzählen sich Eltern. Erwarten sie von den andern den Satz: «Ihr habt sie auch gut erzogen»? Als wären Kinder Leistungen, aufzuweisen am Ende, eingereiht in Verdienste.
Man hat gekocht, die Milch hingestellt, Knöpfe angenäht, Geschichten erzählt und aufgepaßt, daß es immer wieder dieselben waren; man sang das Lied am Abend und bei Tisch, man kaufte ein, trug Taschen links und rechts, und links und rechts eine Kinderhand, man paßte auf, abends, ob sie auch wirklich schliefen, man war froh, wenn sie für zwei, drei Tage weg waren, damit man längst Aufgespartes erledigen konnte, und doch rannte man wie ausgeleert in der Wohnung und suchte nach ihren Geräuschen und

ihren Gerüchen; man dachte, ein gutes Stück hinter sich zu haben, wenn sie, ein Bein auf dem Trottoir, das andere auf der Straße, selbständig ins Schulhaus trotteten und wußte noch nicht, daß die Tage und Jahre sich nun um die Stundenpläne zu schlingen hatten und daß der Rhythmus immer wieder wechseln würde. Sie fielen nun nicht mehr hin, sie strichen ihre Brote selbst, sie ließen sich noch den Halswickel machen, wenn sie fieberten und vor ihren Schulexamen ließ man sich vitaminreiche Ernährung einfallen, um einen Beitrag gegen die große Not zu leisten. Glaubte man an die Gewandtheiten, die man ihnen beibrachte? Es ging nicht, ohne davon überzeugt zu sein, daß Bräuche und Sitten und Ordentlichkeit wichtig seien; und daß Fehler, die man beging, sich mit andern Fehlern auspendelten und daß eine lebbare Mitte sich öffnete. Aber die Ängste vor der Welt, in die wir die Kinder hineingeboren hatten, waren immer da, es war eine schlecht eingerichtete Welt, die wir ihnen boten. Gewalt wuchs auf den Straßen, Beton schnitt den Atem ab, im Lärm gingen Worte unter. Man bildete sich ein, die Wohnstube, in der Kinder spielten, von allem Schrecklichen auszuschließen, und man schöpfte seine Kräfte aus unsinnigen Hoffnungen, die unsere Jahre begleitete und von denen wir uns nährten. Wie hätten wir sonst leben können? Wenn sie sich in der Nacht vor dem schweren Sommergewitter fürchteten, schloß man sie in die Arme und deckte die eigene Angst mit dem warmen Kinderkörper, mit ihren Ärmchen, die sich einem um den Hals schlossen, zu.

Lange läßt man sich täuschen, als Mutter. Als der

erste Schulgeruch aus ihren Haaren stieg, lachte man, dachte, es gehöre dazu, sie seien geschützt zwischen den Mauern, die unsere Schutzmaßnahmen um ihre Zartheiten gebaut hatten; sie glaubten ja immer noch an unsere Lieder und den lieben stillen Mond, an den Mai und an den Weihnachtsmann, der das Säcklein auf dem Fenstersims füllte. Wie erklärte ich ihnen die Eroberung des Mondes im Kosmonautenanzug? Sie wußten schnell besser umzugehen mit den Verkehrsregeln, den Ampeln und den Schildern, die unsere Wege dirigierten. Wie erklärten wir die Pflastersteine, die durch den Frieden flogen, die Gummiknüppel und die Spritze, welche Drogensüchtige auf der Autohaube vor unserer Türe liegengelassen hatten? Auf der Straße hätten wir damals aufschreien sollen, Arme weit in die verpestete Luft «Haltet ein, haltet ein!»

Jetzt sind sie groß und unsere Lügen sind am Ende; was machen sie in der Welt mit den unsinnigen Hoffnungen, die wir ihnen als Freude am Leben vorspiegelten? Verkrüppelung, Zertrümmerung; Uniform oder Karriere, oder die Drogen? Wie könnte ich jetzt ihre Kinder auf meine Knie setzen und wiegen, und, wenn sie hinfallen, ausrufen oi, oi, es tut doch nicht weh, sei tapfer, gib mir das Händchen, gib mir einen Kuß, da die Nahrung, die ich meinen Kindern mitgab, nur für ein paar Meter reichte, und die Kleidung, in die ich sie steckte, sie nur für ein paar Stunden wärmte, und die Gedanken, die ich ihnen beibrachte, nutzlos sind für zerrissene Tage.

Eine Stunde lang an einem Wochentag schreiten Mütter stumm rings um die Plaza Mayor in Buenos

Aires, sie haben die Namen ihrer verschwundenen Söhne auf ihre weißen Kopftücher geschrieben. Noch suchen sie sie im Gefängnis. Das Gefängnis ist groß – haben wir nicht alle unsere Kinder im Gefängnis der Welt verloren?

Das Bild aus El Salvador. Die kleine Gestalt, eine magere Frau mit nackten Beinen, die Füße in Schlappen, den linken Fuß etwas vorgestellt, wie gebremst vom Schrecken, kurzes geblümtes Kleid, die vorgebundene Schürze hochgenommen zum Gesicht, darüber Augen, die Entsetzliches sehen. Vor ihr Leichen junger Menschen, hingehauen in der Steife des Todes, die Beine lang ausgestreckt, die Arme quer über der Leiche des nächsten. In der Reihe, aus Tüchern ragend, andere Füße, andere Arme, starr. Hat die Frau den Mund zugehalten mit der Schürze, damit die Schreie nicht aus ihr herausbrechen? Wird sie murmeln können «Meine Kinder!»?

Am Schluß schreibt Lisa:

Ich werde dieses Tagebuch nun doch niemandem zeigen. So spielt es keine Rolle, für wen ich diesen Bericht über einen einzigen Sommer schrieb; einen Sommer, der glanzlos war an Ereignissen, in dessen Stille aber meine Schmerzen endlich aufsteigen konnten, damit ich sie erkenne. Natürlich dachte ich beim Notieren meiner Tage hier im roten Haus an einen Menschen, dem ich früher vieles erzählte. Ich nenne Sie in meinen Gedanken B. Und sage zum Schluß:

Lieber B., sehr lieber B., erlauben Sie mir, Ihnen fürs Zuhören zu danken. Sie waren so unerwartet aufmerksam, höflich, diszipliniert und klug, sich selber ausschließend und doch mit Ihrer ganzen Person teilnehmend. Ein Zauber ging aus von diesen Stunden, der mich beglückte und der mich nie mehr verlassen wird. So wird Einsamkeit tragbar.

Marthas Albumblätter

Eine Liebesgeschichte

«Bimba, bimba, non piangere!»
Giacomo Puccini:
«*Madame Butterfly*», 1. Akt

Es war anfangs Dezember und sehr kalt. Die Buchten des Sees, an dem die junge Frau nun wohnte, waren zugefroren, und es lag Schnee bis weit hinaus, wo man eine Fahrrinne vermutete; derart, daß die junge Frau auf ihren Spaziergängen, wenn sie von einer mit Kiefern bewachsenen Anhöhe zur andern stapfte, nie auf etwas anderes blickte als auf weiße, weite Flächen. Es waren die kurzen Stunden der milden nordischen Helle und der weichen Schatten; eine Sonne warf sie, die sich nur um einen Drittel des Himmels über dem Horizont erhob. Mitten am Nachmittag fiel schwer die Dunkelheit über alles, und sie saß dann wie erstarrt in der halbleeren Zwei-Zimmerwohnung; ihre Sachen war noch nicht angekommen.
Ein Flügel, der den großen Raum halb füllte, wurde erst abends gespielt, wenn ihr Mann nach Hause kam, meistens mit Freunden, die er gern begleitete. Dann gab es ein Bett, aus dem man zwei machen konnte, eine Küche, die wie ein Labor funktionierte, und der kleine Eingangsraum hieß in der fremden Sprache

«tambur». Sie wußte noch nicht viele Wörter ihres neuen Landes, und wenn sie sich in den Bus setzte, um aus der Siedlung in die Stadt zu fahren, hörte sie auch keine, denn keiner sprach. Keiner sprach mit ihr und auch unter sich redeten die Leute nicht. Es war ein Fehler der jungen Frau, dem Buschauffeur guten Tag zu sagen.

Zu welcher Wohnung, zu welchem Gesicht gehörte wohl die Stimme, die zum Hin und Her des Staubsaugers aus Humperdincks «Hänsel und Gretel» unbekümmert Melodien trällerte? Das Treppenhaus lebte dann plötzlich auf. Sonst hörte man nur hie und da eine Leitung knacken, oder jemand klopfte vor der Haustür seine Skier aneinander, wenn er vom Langlauf nach Hause kam.

So vergingen die Tage in ihrer Eintönigkeit. Die junge Frau war zu schüchtern, ihrem Mann zu erzählen, wie gelähmt sie sich im neuen Land fühlte oder ihn zu fragen, wie sie sich zu benehmen hätte, um nicht aufzufallen und doch mit andern Menschen ins Gespräch zu kommen. Die Winterstarre hatte sich auf ihrer beiden Worte und ihre Bewegungen zueinander gelegt.

Sie erschraken beide, als sie am 13. Dezember, dem Lucia-Tag, mit schmetterndem «Santa Lucia» geweckt wurden. Sie dachten nicht im mindesten daran, daß die Lichtkönigin vor ihrer Wohnungstür stünde und bei ihnen Einlaß wünsche. Soviel nämlich wußte die junge Frau, daß die schönste und jüngste einer Familie an diesem Morgen allen andern Kaffee ans Bett zu bringen und mit Gesang aufzuwecken hätte. Die schöne Stimme hörte nicht auf mit ihrem lauten

Gesang, und als sie ihre Türe nun doch ein wenig aufmachten, stand, den Lichterkranz im aufgelösten Haar, eine ältliche sehr häßliche Frau vor den jungen Leuten und verschaffte sich singend Einlaß, um ihr Tablett mit Kaffee und Pfefferkuchen auf den Tisch stellen zu können. Wer war die unschöne Unbekannte, die sorglos das Miethaus aufweckte und den Fremden den Anblick einer dicken Person im weißen Nachthemd aufzwang?

Es war der erste von vielen Besuchen der Schottin, einer Sängerin, die ein merkwürdiges Schicksal an das nordisch-starre Ufer gebracht hatte. Die junge Frau erriet aber sofort, daß die heftige, schottische Dame aus eigenem Antrieb sich diesen Wohnsitz gewählt hatte. Die Hauptstädte Mitteleuropas waren ihr wohl zu aufregend geworden, zu angreifend. Vielleicht hatte sie auf Bühnen und in Salons zu viele Verstrickungen erfahren, vielleicht wollte sie ihre eigenen Tonleitern und Triller in langen Winternächten überdenken, sich selber Eis auflegen. Es war wohl zufällig, daß die ältliche Dame die jungen Fremden nicht ihrem Fremdsein und dem Eingehen in die hiesig so gedämpften Konventionen überließ, sie aufweckte mit Santa Lucia und heißem Kaffee und den selbstgebackenen, dünnen Pfefferkuchen. Ihr gesangliches Eindringen ging weiter, der Flügel schien die Sängerin doch zu interessieren; bald kam sie mit Noten. Höhepunkte des schottischen Auftretens aber waren die Spinnerinnenlieder von den Hebriden. Sie sang sie leise im Dialekt ihrer Heimat; und der innigen Interpretation dieser Volksweisen konnte sich keiner der wechselnden Zuhörer in der Wohnung des jungen Paares entziehen. Manchmal saßen viele um die singende Schottin herum, klatschten Beifall und wollten immer wieder eine neue Melodie hören. Keinen störte es, daß die vehemente Dame für ihre Darbietungen jedesmal ein Spinnrad mitschleppte, den Wollfaden fein spann und das Rad, mit dem Fuß antreibend, flink drehen ließ; daß sie jedesmal ihren Leib in die Tracht zwängte, die von Frauen auf den Hebriden getragen wird; das stark ergraute krause Haar drängte sich aus dem Häubchen und fiel knapp über die breiten Schultern.

War die junge Frau eine besonders aufmerksame Zuhörerin? Oder wie kam es, daß die auffallend häßliche Schottin – die sich auch im Bus, der vom modernen Quartier stumm in die Stadt fuhr, laut und unbekümmert benahm, sogar ihr Strickzeug hervorzog, wenn es ihr paßte, mit ihren Nadeln in die Fahrstille klapperte –, daß sie die junge Frau in ihr Vertrauen zog und ihr, keineswegs Abenteuer eines bewegten Lebens erzählte, sondern sich einzig der Geschichte ihrer größten, wie sie sagte, ihrer einzigen, ihrer tiefsten Liebe erinnerte und sie preisgab? Sie hatte ihren Liebhaber nie zu Gesicht bekommen, aber sie wußte, daß auch er sie geliebt hatte und daß ihre Stimmen sich vermählt hatten in alle Ewigkeit, nämlich vorübergehend.

Nicht nur weil es für eine englisch-schottische Familie in den Jahren vor dem ersten Weltkrieg Mode war, nach Frankreich ins Bad zu fahren, unternahmen die Eltern der auffallenden Schottin jährlich im Sommer eine Reise nach Aix-les-Bains, sondern der Gesundheit wegen, denn das schottische Klima tat den Gliedern nicht gut. In diesem guten, angenehm warmen französischen Sommer 1913 legte das Paar Wert darauf, daß ihre Tochter sie begleitete. Sie hatte ihr Gesangsstudium mit solcher Heftigkeit betrieben, und nun auch anstrengende Bühnenauftritte hinter sich, daß sie krank geworden war. Der Arzt drängte auf Ausspannung und Erholung, und die temperamentvolle junge Dame ließ sich erweichen, eine Kur zu machen. Sie war brav, sie war 23 oder 24 Jahre alt und sie tat alles, um an einer glänzenden Zukunft weiterzubauen.

Natürlich langweilte es sie, sich nach Anweisungen des Kurarztes jeden Morgen vom Hotel aus in die Kuranstalt zu begeben – ihre Eltern traf sie erst beim Mittagessen – und zwanzig Minuten ruhig in der Badewanne zu verbringen. Die Kabine in der großen Halle war oben offen, man hörte Geräusche von andern Badenden. Die junge Sängerin dachte wehmütig an ihre Partituren, sie fing an zu trällern. Vielleicht erinnerten sie die dienenden Bewegungen der Badefrau an die Sklavin Aida? So unpassend es auch war, das Badehaus in Aix-les-Bains zur Bühne für Verdis Dramatik werden zu lassen, sie fühlte sich am Ufer des Nils, eingeschlossen in der Kabine wie im Grab und leichthin kam «In questa tomba» über ihre Lippen, leise erst, dann bestimmter und genauer, fortgetragen vom Ton der traurigen Arie. Und plötzlich, leise und tastend, dann lauter werdend, fiel die Stimme des Radamès ein mit «Morir! sì pura e bella!», einfach so, von Kabine zu Kabine. Es war ein vergnügliches Erschrecken zweier sich suchender Stimmen, die sich dann aber fanden in «O terra, addio!»

Welcher Sänger war wohl hier zu Gast, welche Berühmtheit, welcher Bühnenname? Die junge Schottin verließ aufgeregt das Badehaus, vergaß dann aber rasch das merkwürdige Erlebnis. Bis zum nächsten Tag, während ihrer Badestunde, versuchsweise trällerte sie wieder, die Antwort kam sofort. Sie sangen. Und so jeden Tag neu und immer wieder, einmal aus ferner, einmal aus naher Kabine, einmal fing sie an, einmal er, ausprobierend, ob der andere mitmache. Gesang und Widergesang. Bellini und Donizetti, auch Puccini: Carlo rief nach Linda, es versöhnten sich Amina und Elvino, Violetta folgte Alfredo im Trinklied, Pinkerton heiratete Madame Butterfly, Duette der Liebe. Allmählich lernten diese sich fremden Badenden ihre Stimmen immer besser kennen, sie wußten jeden Tag mehr über ihr Können und ihre Vorlieben, und sie waren davon betört. Es gab allmählich keine Grenzen mehr und keine Störung, der eine ging auf den andern ganz ein; es waren nicht mehr die Rollen, es war nicht der Inhalt von «Ti amo, tesoro mio», es war nicht der Tod und das Ende und kein Abschied, es war jeden Morgen neu die Bereitschaft, zusammen aufzusteigen in die Schöpfung musikalischer Eingebungen. Welche Rücksichtnahme, welch' neue Zärtlichkeiten.
Die Stimmen wurden sicherer und auch lustiger. Und kühner in der Wahl. Jetzt, zurückblickend, hatte die schottische Sängerin, welche die Farbe ihres Clans trug, das Gefühl, daß singend in Aix-les-Bains ihr alles möglich gewesen war, sie alles hatte singen können. War zunächst sie es gewesen, welche die ersten Töne sang und die Oper aussuchte und die

Szene der Duetts, wurde er mit der Zeit fordernder, verstieg sich in Abgelegenes, ging neue Wege, und sie folgte entzückt.

Immer wieder aber, so meinte sie, fanden sie dann zurück zu ihren Lieblingsmelodien, zu Verdi, zur Schlußarie der Aida und des Radamès. Noch im Augenblick ihres Berichtes hatte die Schottin Sinn für die Komik der Situation, eingeschlossen in der Kabine einer großen Halle, im Thermalwasser liegend oder in warme Tücher gewickelt, in stimmlicher Umarmung. Die gute Akustik des hohen Raums entging ihnen nicht, sie nützten sie aus für ihren Belcanto, und sie wußten auch, daß sie ein folgsames Publikum hatten. Vereinzelt wurde Beifall geklatscht. Während die junge Dame immer dieselbe Kabine benützte, tönte die Stimme ihres Liebhabers einmal von nahe, dann von ferner, einmal von der linken, am nächsten Morgen von der rechten Seite.

«Wann haben Sie ihn endlich kennengelernt?» drängte die Zuhörerin.

«Ich habe ihn nie gesehen, natürlich habe ich ihn gesucht, jeden Tag heftiger gesucht. Ich zwang meine Eltern zu immer neuen Spaziergängen durch den Park, ich weigerte mich, mit ihnen Ausflüge zu machen, ich versuchte sie mit allen Mitteln zu überreden, die Anlagen um das Badehaus nicht zu verlassen, noch einen Rundgang um den Springbrunnen zu unternehmen, noch den Schatten jener Bäume aufzusuchen. Wir saßen stundenlang auf den Sesseln, die in freier Anordnung an den Spazierwegen aufgestellt waren, kein Konzert des Kurorchesters im erhöhten Pavillon durfte verpaßt werden. Und ich faßte jeden

ins Auge, ob er die Stimme sei, die ich allmählich so gut kannte. Und liebte, über alles liebte.»
Es wurde ihr allmählich deutlich, daß sie nicht gleichermaßen gesucht wurde. Es war klar, daß der Mann ihr auswich. Kein Blick eines Unbekannten streifte sie, kein abtastendes Abmessen im Speisesaal. Der Partner wollte die Intimität nicht brechen, diese einmalige Nähe.
Es sollte also nichts werden aus dieser Liebesgeschichte, kein Anfang und kein Ende?
Die junge Frau war enttäuscht. Sie stand am Anfang einer Liebesgeschichte, so glaubte sie, sie hatte für den Partner ein neues Land aufgesucht und bald, Ende April, würde das Eis schmelzen. Sie wußte noch nicht, daß sich allmählich die Wasserlachen auf den nun blanken Eisflächen vergrößern würden und daß in diesem Norden die Eisschicht ganz plötzlich und mit leisem Krachen sinkt. Man erwacht am Morgen und weiß, etwas Gewaltiges ist geschehen. Die junge Frau öffnete weit das Fenster ihrer Wohnung: Durch die rötlichen Kiefernstämme schimmerte dunkel das Wasser und bewegte sich.
«Es war die größte Liebe meines Lebens, es war reine, übermächtige Erfüllung», sagte die alte Schottin, nun nicht mehr hartnäckig, sondern leise.

Zeichen in meiner Hand

«Worauf es ihr ankam, war, sich dem Leben zu exponieren, daß es sie treffen konnte ‹wie Wetter ohne Schirm› («Was machen Sie? Nichts. Ich lasse das Leben auf mich regnen.») und weder Eigenschaften noch Meinungen – über die ihr begegnenden Menschen, über die Umstände und Zustände der Welt, über das Leben selbst – dazu zu benutzen, sich selbst einigermaßen zu schützen.»
Hannah Arendt: «Rahel Varnhagen, Lebensgeschichte einer deutschen Jüdin aus der Romantik»

Schon öfters flog ich spät abends über das nordische Land. Der Kurs macht zwei Stunden vor Mitternacht einen Zwischenhalt auf dem Flugplatz nördlich der Hauptstadt, man steigt aus, hier findet man die Freunde, wartend in der Helligkeit. Man hat noch einige Stunden Autofahrt vor sich, bis man zum roten Haus kommt; aber nichts drängt zur Eile, keine Hast, die Wege sind gut, es wird sich nur eine kurze

Dämmerung auf uns legen, der Horizont bleibt hell. Wir sind fröhlich und guter Dinge, zu Hause wird der Tisch gedeckt sein, und nach einer kräftigen Mahlzeit werden wir, vergnüglich plaudernd, doch noch in die Betten schlüpfen, indes die Sonne wieder aufsteigt, und ein neuer Tag beginnt, während der lange ja gar nicht zu Ende ging.

Es war mir früher nie aufgefallen, daß man vor dem Landen in niedriger Höhe die Stadt überfliegt. Nach dem Nachtflug über eine dunkel geformte Waldlandschaft aus der die Seen wie emailfarbene Spiegel aufblitzten, unerwartet das Stadtbild: Der Grundriß trat scharf hervor, denn die Straßentäler waren beleuchtet. Es war aber so hell, daß man die einzelnen Lampen kaum wahrnahm, es war nur scharf die Struktur der Stadt erkennbar, und ich las etwas erschrocken in ihr, denn es waren vor vielen Jahren meine Wege gewesen, die mir so genau gezeichnet nun entgegentraten. Die alte Stadt auf der Insel zwischen dem südlichen und dem nördlichen Stadtteil und dann, unerbittlich, die Bushaltestelle, an der ich so oft gewartet hatte, um ins junge Heim draußen im Vorort zu fahren. Wie hieß die Gegend, in der ich damals wohnte?

Die Namen sind mir entfallen, ich will sie auch nicht mehr wissen. Auch nicht die Hausnummer. Ich war verliebt in den Mann, den ich geheiratet hatte und neugierig auf das neue Land, das er mir zeigen wollte. Er würde mir die Welt auftun, der Mann, ich würde mit kecken Schritten hineingehen ins Unbekannte, ins Neue, begierig, alles Frühere hinter mir zu lassen, im trügerischen Glauben, geographische Distanz schaffe

Trennung. Nun holen sie mich, vom Flugzeug aus, ein, die damals nicht erfüllten Hoffnungen, die Enttäuschungen, die man nicht eingestand, aber von denen man dann doch davonlief, anderem zu. Man war sie doch gegangen, alle diese Wege, die nun als Straßen hell gezeichnet sich mir wieder aufdrängen. Sind sie es, die sich als Linien in meine Hand gezeichnet haben und nie mehr wegzuwischen sind? Sind sie Zeichen, die zu entziffern wären?
Der erste Riß entstand damals, an der Bushaltestelle. Das fällt mir nun ein. Es war ein warmer Tag, ich war in der Bibliothek gewesen und mußte nach Hause, um für den Abend das Essen zu kochen, für ihn und die vielen Gäste, die er stets mitbrachte; kochte ich nicht auch für mich? Damals wäre ich nie auf den Gedanken gekommen, «für uns» zu sagen. Ich fühlte mich schlecht, das weiß ich noch, ich blutete stark und hatte doch darauf gewartet, ich würde schwanger und das monatliche Bangen hätte ein Ende. Insgeheim erhoffte ich mir von einer Schwangerschaft wohl auch eine innigere Verbindung mit dem Mann, der etwas unstet, flatterhaft die Ehe mit mir und das Leben hier lebte, ich wußte manchmal nicht mehr, ob ich hierher, an seine Seite gehörte, oder ob mein Hiersein zufällig sei und unsern, das heißt den Launen junger Menschen, die sich mochten, entsprungen war. Eine Schwangerschaft würde unserm Zusammenleben eine Richtung und mehr Gewicht geben. Sie nicht zur gewünschten Zeit zustandezubringen aber lastete ich mir zu; es war ein Makel meiner Weiblichkeit. Das Wetter an diesem Nachmittag war unerträglich drückend, und ich war aus dem Warte-

saal getreten, wo steif, unnahbar, einander nicht beachtend – das war Landessitte – die Leute auf den gleichen Bus wie ich warteten. Ich erinnere mich noch an die Gerüche jener Busstation nach totaler Sauberkeit, nach Hygiene, chemisch erreicht, sicher hatte eine Equipe kurz vorher die Toiletten auf der Hinterfront der Busstation gereinigt. So roch es auch in der Eisenbahn, blitzblank und keimfrei, ekelerregend. Ich ging am Trottoirrand entlang, um das Geviert schlendernd; der Bus würde wohl bald kommen: Ich hatte nicht darauf geachtet, daß ein jüngerer Mann unstet herumlief, so sagte man mir später; ich ging dann wohl etwas rascher zurück, denn ich sah den Bus um die Ecke biegen. Wie im Traum wurde ich gewahr, daß der junge Mann sich laut schreiend in die Luft geworfen hatte, die Arme ausstreckend, den Kopf nach hinten, um dann schwer umzufallen, verkrampft, Schaum vor dem Mund. Der junge Mann war offenbar nicht allein, jemand kümmerte sich sofort um ihn, die Wartenden aber schauten weg, stiegen in den Bus. Es hatte ja nichts außer der Ordnung stattzufinden. Hatte es überhaupt stattgefunden? Hatte ein Mensch in seiner Krankheit laut geschrieen, einen Sprung gemacht, die Arme verworfen und war dann hart zu Boden gefallen? Ich konnte mit niemandem darüber reden, auch meinem Mann erzählte ich den Vorfall nicht; und doch hatte er mich tief getroffen, er hatte mich in meiner nicht eingestandenen Unsicherheit noch unsicherer gemacht. Hatte ich deswegen die zufällige Busstation mit dem kleinen Platz wieder erkannt, jetzt auf dem Flug in die Erinnerung? Jahrzehnte waren vergangen. Aber es

muß – und es geht wohl darum, es sich zu merken – in der ersten Zeit meiner Ehe gewesen sein, daß das Schreien und das Fallen eines Unglücklichen mich hinausriß aus vagen Träumen. Im Trubel der Unternehmungen, im Kennenlernen immer neuer Menschen, in den bis zum Rand mit Essen und Trinken und Reden überbordenden Abenden hatte ich vergessen herauszufinden, wo ich stand; im Stimmengewirr der Meinung, im Arrangement der sich jagenden Musikabende hatte ich meine eigene Stimme verloren. Ich hörte sie selbst nicht mehr.
Kurz darauf brach der Krieg aus.
Wie war der Satz, der in meine Wohnung fiel, telefonisch von einem entfernten Bekannten übermittelt? Es waren drei Worte ‹Bomber über Warschau›. Bomber über Warschau. Es hatte angefangen. Für Sekunden wurde ich in einen dröhnenden Wirbel geschleudert, in dem Feuer und Grauen und die Schrecknisse der Welt aufschrieen, die Angst sich erhob und das Wissen, daß die Häuser zerstört würden, in denen wir Menschen wohnten.
Veränderten sich von da an die Zeichen in meiner Hand?
Die Stadt fror ein, wie es die Jahreszeit verlangte. Das Eis über den Wassern wurde immer dicker. Nur die Winterfischer in der Bucht bohrten sich ein Loch durch die Eisschicht. Mit welchem Handwerkszeug die Männer sich ihre Fischplätze einrichteten, hatte ich nie beobachten können. Ich sah sie nur, zusammengekauerte, vermummte Gestalten, auf ihren Schlitten hocken, die Rute in Abständen hochziehend und wieder senkend. Meistens hatten sie einen plum-

pen kleinen Eisenofen neben sich stehen, nicht um die Fische zu braten, sondern um sich die Füße zu wärmen. Meinem Einwand, ob die Hitze des Öfchens denn nicht das Eis schmelze, sodaß es plötzlich hinuntersausen könnte in die Tiefe, den Fischer samt Schlitten mit sich reißend, begegneten die Hiesigen mit Lächeln. Die Leute aus dem Süden, natürlich, die kannten die Natur nicht. Daß die Natur gegen den nördlichen Polarkreis hin sich vielleicht anders verhalte als auf südlicheren Breitengraden, fiel ihnen nicht ein. Was für Fische wurden aus dem Meer gezogen? Die Beute lag, in einen Korb verpackt, zugedeckt, wenn die Fischer auf ihren Handschlitten sich, mit kräftiger Bewegung des einen Beines, landeinwärts stießen. Sie standen aufrecht auf den langen schmalen Kufen und hielten sich an der Lehne des Sitzes vor ihnen fest. Mir blieb, in der Markthalle starre Fischleiber in der Hand zu wiegen, wenn sie, auf Bergen von Eiswürfeln ausgebreitet, zum Verkauf auflagen. Ich bevorzugte die flachen, die sich im Profil anboten und mich mit nur einem Auge anstarrten. Auch beim Braten zeigten sich da weniger Probleme, man konnte sie zu Filets reduzieren. Wann endlich schmolzen die Krusten des Eises?
Die Fische wurden rarer, die Filets wurden jetzt abgezählt, wenn Gäste kamen, ein Ei pro Woche, Benzin gab es kaum mehr zu kaufen, die Ausländer durften ohne Sondergenehmigung die Stadt nicht verlassen. Der Krieg trat in schärferen Umrissen hervor. Die bisher sorglos wirkenden geflüchteten oder emigrierten Freunde in diesem sorglosen Land fingen an zu erzählen, warum sie hier seien und daß

sie nie mehr in ihre Vaterländer zurückkehren könnten. Immer noch spielten diejenigen, die keine Papiere mehr hatten und sich mit provisorischen Ausweisen einmal pro Woche bei der Polizei melden mußten, mit denjenigen, die noch einen ordentlichen Paß besaßen. Kammermusik, Beethoven und Mozart. Was trug es bei für dieses Leben? Nichts mehr war zusammenzufügen. Warum wurde Kristinas junger Ehemann nicht zur Wehrmacht eingezogen? Viele Jahre später erfuhr ich, daß er sich seine Freiheit im fremden Land, seine Freiheit zum unentwegt Beethoven und Mozart spielen, erkauft hatte durch Meldungen aus seinem Gastland. Der blonde Herbert mit seiner blonden Familie, Bankier und Sammler von graphischen Blättern, der immer so getan hatte, als ob er aus Spaß in den Norden gezogen sei, gab zu, daß er und seine Frau Juden seien; er hatte Geld, seine Sammlung und seinen Einfluß eingesetzt für Visas nach den USA über Kuba. Er mußte aber durch die Sowjetunion und Japan reisen, und wenn er das eine Visum bekam, war das andere abgelaufen. Der gelähmte Professor, eifriges Mitglied der lutherischen Kirche, Vollbürger dieses Landes, aber aus Deutschland stammend, scherzte, seine frühere deutsche Heimat habe ihn einberufen, wahrscheinlich um den Olymp zu erobern, welche Mißverständnisse! Er deutete auf seine gelähmten Beine und die beiden Krücken. Damals aber saßen seine Mutter und seine Schwestern in Auschwitz. Darüber sprach keiner, weder von Öfen noch von Asche.
Was hatte ich getan, damals, in diesen Straßen, die jetzt so leuchtend mir entgegentreten wie Mahnzei-

chen? Ich kannte nicht einmal die Adresse des sozialistischen Anwalts, bei dem die politischen Flüchtlinge sich versammelten und diskutierten, Überlegungen über einen Umsturz anstellten und über die Strategie ihres Kampfes stritten. Ich sah nur, daß in diesen Gefahren jedem seine eigene Haut die nächste war und daß er vor allem damit beschäftigt war, sie zu retten und durchzubringen. Was tat ich anderes? Jetzt mußten auch die Kartoffeln abgezählt werden, ich trank grünen Tee und verschenkte den Kaffee an I., die sehr darunter litt, nicht täglich wenigstens eine Tasse trinken zu können. Aber das gewaltige Schauspiel des Nordlichts, zuckende Vorhänge über den halben Himmel, das ich erlebt hatte in einem fremden Zimmer bei einem fremden Mann, der beim Zigarettenanzünden seine Hand über meine gelegt hatte, legte ich für mich aus: Daß ich es nämlich mit einem Menschen teilte, der mir für einige Stunden näher war als der Ehemann, der, wie ich erschrocken entdeckte, auch in andern Betten schlief. Es war das Datum jenes April, als die deutsche Wehrmacht Norwegen besetzt hatte. Der Krieg rückte näher. Nachrichten des Widerstands drangen aus Norwegen allmählich in unser neutrales Land, ich bekam zu wissen, was eine Kanzelabkündigung gegen die Besetzer heißt, welche Bedeutung ein Flugblatt hat. Ich übersetzte. Es war mehr, als nur zu sagen: «Nein, zum Konzert auf der deutschen Botschaft komme ich nicht mit.»
Der Kugelschreiber, ein Wörterbuch, die Schreibmaschine, winzige Mittel, einzusetzen gegen Panzer und Bomber? Die Auflehnung kam aus eigenem Unglück-

lichsein, war privat, wirkungslos, und die Übersetzung des Satzes, zufällig und als Auftrag mir zugeflogen, aus dem Anfang des 16. Jahrhunderts, «Das Volk ist mächtiger als der König», blieb folgenlos im eigenen Leben, zeitigte nicht einen Zusammenschluß, aus dem Widerstand hätte erwachsen können. Vielleicht später? Sehr viel später vielleicht.

Brasserie Hauptbahnhof Zürich: Menu Nr. 46, Clochard-Röschti mit gebratenen Cervelatstücken, Fr. 5,–

> «Man kommt nicht als Frau auf die Welt, man wird es. Weiblichkeit ist eine durch gewisse physische Gegebenheiten entstandene Situation, in der die Frau seit Jahrhunderten festgehalten wird. Diese Situation kann durch Erziehung geändert werden.»
> *Salomé Kestenholz*:
> *«Revolutionäre Frauen»*

Einkaufstaschen mit ins Bürohaus oder ins Studio schleppen, das mache sich nicht gut, sei unpassend, irgendwie unseriös. Das bemerkte der Fernsehdirektor in einem freundlichen Gespräch, als er die programmschaffenden Frauen für ihre Arbeit lobte. Sie brachten Sendungen genau so gut zustande wie die Männer. Aber eben, diese Einkaufstaschen, aus denen das lange Brot herausschaute oder ein Salatkopf. Das Private sei vom Beruf zu trennen, das Erhabene von der Küche, das war darunter zu verstehen. Es war dies alles vor langer Zeit, in den fünfziger Jahren, und lange bevor junge bärtige Männer ihre kleinen Kinder in den Bürostuhl setzten, ihnen einen Farbstift in die Hand drückten oder sie auf dem Boden herumkriechen ließen, weil sie an diesem Tag Hütedienst hatten. Die Papiertüten für den Einkauf lagen im Auto. Dies kam später, viel später, nachdem sich manches geändert hatte und erst nachdem hundert unbeliebte Frauensendungen ausgestrahlt worden waren und auch ich mir die Finger lahm geschrieben hatte für die Rechte der Frau und ihre Stellung in der Gesellschaft. Damals noch war die Küche ein verschwiegener Ort, die Männer fingen erst damit an, die Küche in ihre Clubs aufzunehmen und mit eigenen Kochbüchern, vermischt mit Exotischem, gesellschaftlich aufzuwerten. Wir aber hatten noch ein schlechtes Gewissen, wenn wir die tägliche Suppe zubereiteten. Wir sollten doch am Schreibtisch sitzen! Saßen wir aber am Schreibtisch, dachten wir daran, daß die Suppe überlief oder daß wir das Lorbeerblatt beizufügen vergessen hatten. Aber flotter ist es immer noch und somit auch seriöser, mit den Langlaufskiern auf dem Autodach auf den Parkplatz des Zeitungshauses zu fahren, ein Zeichen dafür, daß man sich fit hält für die Firma; und mit Fitneß steigt es sich leichter die Treppe hoch in einer modernen Firma; in einem Aktenkötterchen ist sowieso kein Platz für die Zwiebacks kranker Kindermägen. Der Gang auf den Markt darf sich als modisches Hobby gern sehen lassen, aber als hausfrauliche Sorge ums Zuhause? Manches fiel mir ein auf dem Weg zum Haus in der Charente. Wir warteten in der Frühe an einem Platz der französischen Kleinstadt, am Hauptplatz bei der Kirche, dichtes Platanendach, schattig und angenehm. Der Platz aber war abgesperrt mit in der Luft farbig zitternden Plastikbändern und innerhalb war Großes im Tun, obschon es vor acht Uhr war. Das Große, das vor sich ging, bestand aus acht oder zehn Männern, die herumstanden und viel redeten, gestikulierten, einander Anweisungen gaben. Mit der Zeit wurde uns Zuschauerinnen klar, daß hier etwas abgemessen wurde. Es entstanden Zeichen auf dem flachen Sandboden, ein Meterband trat nun in Funktion, man hatte sich geeinigt, so schien es, in einer wichtigen Aufteilung des Platzes. Ein paar der derart Tätigen traten ab und begaben sich ins nahe gelegene Café, ein paar blieben zurück, wohl die unwichtigeren, und zogen endgültig ihre Striche. Ein Maschinchen, geführt von einem beflissenen jüngern Mann, trat in Aktion, ein handgeführtes Wägelchen, auf drei Rädern laufend, ein komischer Verschluß, wie ein Vogelhals, bewegte sich ruckartig vorwärts und rückwärts und ließ kreideweißen Sand aus seinem Innern ausfließen; der beflissene junge Mann, der offensichtlich keine Befehle zu geben hatte, sondern solche, die höherenorts wortreich ausgestoßen worden waren, entgegenzunehmen und auszuführen hatte, schritt mit seinem Maschinchen die in den Sand gezogenen Linien exakt ab, so daß diese nun weiß gezeichnet hervortraten. Feld an Feld, alle von der genau gleichen Größe. Damit war's aber noch nicht getan, es mußte weiter verhandelt und weiter geredet werden, die ernsten Männer kamen wieder aus dem Café heraus, es handelte sich wahrscheinlich um das Abschließen einer ersten Phase, eine zweite würde nun gemeinsam, ernsthaft, diskutierend, gestikulierend in Angriff genommen werden. Was wir ahnten, bewahrheitete sich, die behende Besitzerin des Cafés, indem wir Ansichtskarten der nahen Kirche kauften, bestätigte es: Es waren die Bahnen fürs Boule-Spiel eingezeichnet worden, morgen, an einem Sonntag, von früh um sieben Uhr bis spät abends ein Wettbewerb im Boule-Spiel, aus dem ganzen Departement würden Mannschaften anreisen. Und Sie, Madame, spielen Sie auch? Beteiligen sich Frauen am Boule-Spiel? Die Wirtin ist eine Frau mittleren Alters, kurzgeschnittenes schwarzes Haar, klein und energisch, kokettes rotes Jäckchen zur weißen Bluse; sie ist schon auf dem Weg, sie will einkaufen, Bestellungen aufgeben, die Anzahl der langen Brote überlegen, die sie morgen braucht. Die Frage der Frauenbeteiligung am Wettbewerb des Boule-Spiels findet sie überflüssig, geht höflich darüber hinweg, mit einer Kopfbewegung. Sie habe nun anderes zu tun, als Karten verkaufen und Fremden dumme Fragen zu beantworten. Das Feld, in dem sie regiert und wirkt, ist klar, ihre Rolle ist ihr zugeteilt. Sie herrscht über Nahrung und Küche und wohl auch übers Geschäft. Ihr Mann ist soeben schläfrig aus einem Hinterraum an die Theke getreten und wird wohl seinen ersten Pastis genehmigen. Was wird es morgen alles zu reden geben über die Genauigkeit der Plazierungen, die Kühnheit eines letzten Wurfes, über Siege und Niederlagen!

Mir fällt ein, wie es damals war. Wie es für mich war, als erste Frau, mit gleichen Verantwortungen wie die männlichen Kollegen, ein Ressort bei der Zeitung zu übernehmen. Mein Glücksfall war es, daß es neu geplant und aufgebaut werden konnte. Man hatte Einfälle als Verdienst, als eigentliche Arbeit anzurechnen, man durfte meinen, man habe damit sein tägliches Brot verdient. Man war daran gewöhnt, zu strampeln, da es Neuland für Frauen war. Mit den Jahren hatte man ein Feld beackert, es gedieh, man konnte sich daran freuen. Frauenthemen, am eigenen Leib, an der eigenen Seele, im eigenen Leben erlebt, wurden journalistisch aktuell. Man konnte sich mit Eifer dafür einsetzen und an eigenen Diskriminationen die anderer ermessen. Taumel der Gleichberechtigung und der Anerkennung? Die Kollegen gewöhnten sich daran, daß man seinem Ressort eine eigene Richtung gab und daß nicht die Restbestände ihrer Schreibtische, alles was Mode und Karitatives betraf, unbesehen auf dem Tisch der Frauen landete. Ich konnte nun nein sagen und ablehnen.

«Métier» war gefragt. Ich war auch älter geworden. Arbeit zählte mehr als hübsches Aussehen, das eigene oder das der Mitarbeiterinnen. Und ich lachte, wenn der jüngere Kollege vom Lokalteil auf dem Parkplatz äußerte: Sie fahren ja ein teureres Auto als ich, und damit andeutete, daß das etwas Ungehöriges sei; oder wenn die jungen Kollegen, die sich für fortschrittlich hielten, den Kopf in mein Büro streckten und fragten: Wo ist der Chef? Zehnmal fragte man heiter zurück: Wen meinen Sie? Denn es handelte sich keineswegs um den uns vorangestellten Chefredaktor, sondern um den Kollegen, mit dem ich die Verantwortung für unser Ressort teilte, der selbstverständlich darauf hielt, daß wir die Verantwortung teilten, also gleichberechtigt seien. Seine Haltung aber hatte keine Fol-

gen. Es lief immer noch auf alten Geleisen, eingespielt und eingeschmiert durch Jahrhunderte, und den Sand, der den Fortschritt hemmte, sah man eher bei den andern als im eigenen Betrieb.
Manchmal waren diese Dinge amüsant, manchmal weniger. Journalistische Verteidigung der Frauenfront, Kampf für Gleichberechtigung; wo aber blieb diese Überlegenheit, im Korridor, in den Büroräumen, in der Kantine? Zu sehr ging's da um die eigene Person. Aufbegehren für sich selbst, im Sinne der ganzen Sache? Da gab es keine Schützenhilfe von nachrückenden jungen Kolleginnen, die zuerst ihre eigenen Erfahrungen machen mußten und in mir die wohlinstallierte, dick hinter dem Schreibtisch sitzende Redakteurin sahen, die ohne Probleme herumregierte. Außerdem war die Arbeit so ausfüllend, daß man keine Zeit hatte, eigene Wunden zu lecken. Erwähnte man seine Verletzungen, ausnahmsweise und im vertrauten Gespräch, wurde man als eine mit Ressentiments behaftete Person bezeichnet. Und: Hast du es nicht gut? Sind wir nicht alle nett zu dir? Und beliebt bist du auch. Also doch alles verpflanzen in den Garten der Belustigungen; es gelang nicht immer.

Erst als ich auf der Reise ins Haus in der Charente das von sehr vielen Männern dirigierte kleine Maschinchen mit seinen ruckartigen Bewegungen geradlinig seine Kreidestriche ziehen sah, klärte sich manches auf, und ich konnte endlich darüber lachen. Ich war sogar ein wenig gerührt, daß die Kollegen damals, als ich ein Buch über Frauen publizierte, meinten: Wir

kommen ja gar nicht vor. Wie sehr sie vorkamen, merkten sie nicht, sahen nicht, daß unser schwaches Handeln nur eine Reaktion war auf das von ihnen und ihren rastlos tickernden und funktionierenden Maschinchen beherrschte tägliche Berufsspiel. Erst im Augenblick des Rückzuges aber fand man die Distanz, die von ihnen geforderten und gezogenen Linien zu überschauen.
Man hätte das Spiel mitmachen sollen, um ganz am Schluß doch noch gelobt zu werden. Denn das wollte ich, gelobt werden, hie und da wenigstens. Aber man hätte wohl anderes tun sollen, sich anders benehmen, um seine Stellung, seinen Platz voll und ganz einzunehmen. Durch die närrische Stellung, eine Frau zu sein, durch eigene Lust dazu getrieben, diese als Freiheit auszunützen, blieb manches auf der Strecke. Arbeitgeber sind noch altmodischer als Kollegen, sie wollen ihre Leute einordnen können. Du wirst die Sympathie des obersten Chefs nie erlangen, so tüchtig du auch immer bist, sagte der Chefredakteur zu mir. Ja, man kannte meine Schulen nicht, ich gehörte zu keiner Vereinigung, keinem Club, kein Abzeichen steckte im Knopfloch als Hinweis, das Private war nicht wie üblich besetzt, der Name war der eigene, nicht derjenige eines Ehemannes, und Geld war auch nicht vorhanden. Und «wie hältst du's mit der Konfession?» Weniges, an das man sich bei mir halten konnte. Da ich keine Handhaben bot, mich einzuordnen, ließ man mich einfach aus.
Zwar gehörte ich zur Schreibzunft, wurde ernstgenommen, aber man gehörte nie ganz zum Hause. Und doch lag mein Ehrgeiz auf beiden Seiten. Ich wollte

eine gute Journalistin sein und damit auch für die Zeitung Ehre einlegen. Doch kam das Gefühl auf, nicht ganz ernst genommen zu werden. Zerrissen im Kampf nach außen, mit dem Willen, Veränderungen zu wecken, dadurch sich selber zu verändern und eine loyale Angestellte zu bleiben – nie konnten sich diese Haltungen decken. Abhängigkeit im üblichen Sinn war nicht zu ertragen, aber Isolation mußte in Kauf genommen werden. Sie erwies sich allmählich als total.

Die Tiefgarage

«Man sah es den Wegen am
Abendlicht an,
daß es Heimwege waren.»
Robert Walser

Tote muß man sehen. Sie wollen es. Sonst sind sie vielleicht gar nicht tot. Ich wollte zu ihm, weil er allein war dort draußen.
Man muß etwas tun. Dem Toten Blumen bringen zum Beispiel. Wie sonst könnte man seine Schritte hinlenken zur kleinen Kammer? «Dort, wo die Tür offen ist, die zweite», hatte der Wärter gesagt. Nein. Nein. Noch einmal nein! Die Haare wie immer. Er ist es. Die Lippen blutvoll, wie vor dem Sprechen leicht geöffnet. Aber das steife Hemd, was haben sie gemacht mit ihm. Die Kiste ist zu eng, so erbärmlich klein. Der große Kopf leicht geneigt, so sah ich, wie er starb, im Traum, gestern nacht, und wie ich im Traum gezwungen wurde, ihm zu sagen, er sei tot. Ein lächerliches Sträußchen Maiglöckchen auf dem Kissen, die gibt es doch gar nicht, jetzt im August. Schnell weg. Ich könnte nicht bleiben wie die Dichterin, die Wache hält. Und Zwiesprache? Endlich schreien und winseln draußen, an irgendeiner Mauer.

Ich weiß jetzt, wie nahe er mir war. Und ich kann weggehen, wohin auch immer, es spielt keine Rolle mehr, in welcher Richtung die Beine mich tragen, wohin ich in Zukunft gehen werde.

Aber was fängt man an mit der eigenen Seele, die dableibt; wie sie hinwegheben über ihn? Alles fing bei ihm an, alles endete bei ihm. Erst nachdem ich es ihm erzählt hatte, wurde mir etwas lebendig und war ein Erlebnis gewesen. Wurde nicht auch Indien erst wahr, nachdem ich ihm hatte sagen können, wie der Mönch an der Pilgerstätte auf unserer langen Fahrt zum Taj Mahal den Vorhang zu seiner Zelle hob, uns hereinließ, die fromme Mala und mich, sagte: «Ich habe euch erwartet, ich wußte, daß ihr in dieser Stunde kommen würdet.» Und daß ich, wie die pilgernde Mala, niederkniete in der Zelle und den kleinen Schrein grüßte. Er hörte genau hin und er verstand, bevor ich alles ausgesprochen hatte. Und die Flüsse, die Flüsse, die ich ihm von den Reisen mitgebracht hatte, sie schwollen an und rauschten, waren Wirklichkeit, nachdem ich ihm von ihnen erzählt hatte, nur ihm: Wie das Frühlicht war am Indus, wie Fischer ihr Boot auf eine Insel hinsteuerten, es aufs sandige Ufer hinaufzogen und dann nacktfüßig und rasch über die Insel eilten. Sie hatten wohl Netze gelegt auf der andern Seite. Wir aber mußten weiter nach Rawalpindi, wir hatten uns zu lange auf dem Markt in Peshawar verweilt. Ich sammle Flüsse und klebe sie ins Album, sagte ich ihm. Ich wollte sagen, alle Flüsse, die ich erlebe, fließen zu ihm hin.

Da ist die Sache mit der Sprache. Mit welchen Wörtern suche ich ihn? In welcher Sprache erreiche ich

ihn, ohne ihn zu stören, ohne ihn zu verletzen? Briefe an ihn waren nie richtig. Die Sätze lügen auch jetzt. Wie kann ich Gebärden einfangen, wie die Gesten zu ihm hin ausdrücken? Seine zu mir? Sobald es geschrieben ist, stimmt es nicht mehr. Ich dachte immer, ich könnte ihm nur deswegen auf so unechte Weise Briefe schreiben, weil nichts Äußeres uns verband, weil wir nichts teilten, das von Außen bemessen wurde, einen Alltag oder eine Konvention. Nie eine Reise.
Und doch habe ich jetzt, nach langer Zeit, zum erstenmal nicht mehr Angst. Nachdem ich die Mitteilung bekommen hatte, war da zuerst dieser Schmerz. Er tat so weh, er war so körperlich, daß alle Gedanken ausgewischt waren. Es ist wie ein Trost, daß man weggerissen wird und hineingeworfen in den Schmerz.
Man sagte damals, wir müßten dankbar sein, daß er einen so leichten Tod hatte. Das plapperte ich nach. Ich plappere es auch jetzt nach und teile es andern und mir mit. Aber es trifft die Tatsache nicht. Warum hat er sich davongemacht? Von uns weg? Von mir auch?

Da ist diese südliche Aussicht jetzt. Es ist September geworden. Die Aussicht ist begrenzt und deshalb erträglich in ihrem Glanz. Schräg vor meinem Fenster eine Steinterrasse, eingemauert ein Steintisch, eine dichte Lorbeerhecke sperrt ab. Noch sichtbar der Wipfel des Feigenbaumes der unteren Terrasse, Palmzweige, die sich bewegen und leicht im Wind knarren. Ein graues Meer und ein verhängter Himmel gehen ineinander über. Ein Boot, winzig, fern, ein schwarzer

Punkt im Verwischten. Zum erstenmal sehe ich hier Tauben auffliegen, sobald sie sich wegdrehen, leuchten ihre Flügel weiß auf, ein kurzer Sonnenstrahl bewirkt es. Grüße? Grüße. Doch, es sind Grüße. Ich sehe die Tauben zum erstenmal hier.
Was ist geschehen an jenem Sonntag im August? Er hatte sich doch schon früher davongemacht, sich ins Alter zurückgezogen, in die Krankheit. Ich dachte, es sei Koketterie, ein Mittel, sich Unangenehmes von Leib und Seele zu halten. Er brauchte viel Schutz, und ich bildete mir ein, ich könnte ihn schützen. Aber er wollte sich schützen lassen von seinem Haus, seinem Garten, den Kindern, die so sehr er waren, daß er sie nie entlassen wollte; diejenigen, die er liebte, sollten im Raum bleiben, zwischen Mauern und Wänden, die seine Fürsorge aufgerichtet hatte.
Er schickte mir einmal ein Telegramm nach Tokio. Hatte ich ihn dazu gezwungen? Ich hatte mir Fixpunkte eingerichtet auf der großen Reise, ihm Adressen hinterlassen, um nicht aus seiner Aufmerksamkeit zu fallen. Er hat die Hoteladressen beachtet, überall fand ich Briefe von ihm. Nach Tokio dann das hinreißende Telegramm, für mich eine Freude, eine selbstverständliche Begleitung aus unserer Beziehung. Hinterher sagte er, das Telegramm sei sehr teuer gewesen. Und er hätte es, englisch verfaßt, auf einer Dorfpost aufgegeben. Es war also eine Großtat gewesen. Ich fragte, ob ich die Taxe bezahlen sollte?
Den vierten August aber verzeihe ich ihm nie.
Hätte ich geahnt, daß es unser Abschied war in der Tiefgarage. Dort stand sein Wagen, zwei Stockwerke tiefer. Wir hatten den Abend gemeinsam verbracht,

ich brachte ihn mit meinem Auto zu seinem. Das Eisentor hatte sich geöffnet, wir waren in den Hades hineingefahren, da waren seine sorgfältigen Erklärungen, wie wir wieder hinauskommen würden, ich hinter ihm fahrend, wie wir es so oft gemacht hatten. (Er sagte dann immer, wenn ich während der Stadtfahrt den richtigen Abstand halten und ihm exakt folgen konnte: Das ging ja sehr gut.) Bevor er in seinen Wagen hinüberwechselte, küßte er mich, anders als sonst, glaubte ich zu fühlen, aber ich machte es kurz, ablehnend. Wußte er, daß ich immer auf die Zeit hin lebte, wo ich ihn wieder umarmen, ihn streicheln könnte? Manchmal, im Gespräch, auch später immer wieder, stiegen, in zufälligen Sätzen, jene Zärtlichkeiten auf, die aus tiefer Vertrautheit kommen. Aus dieser Vertrautheit und Nähe heraus lebte ich, von ihr, und immer wieder auf sie hin. Sie stellten sich ein, wenn er, von außen kommend, in meiner Stube sich ausruhte, sobald seine Stimme den Vorlesungston verloren hatte und nicht mehr wie vor ihm herlief, wenn seine Handbewegung jede Steifheit verlor. Tot habe ich seine Hände nicht gesehen. Ich bin froh darüber, denn sie gehörten mir in der Bewegung – und gehörten in jene Zeiten, als er, zur Türe hereintretend, meine Mühe fühlte, kannte, aufnahm, bevor ich sie mir selber eingestanden hatte.

Seit ich es wagte, Papier hervorzuholen, seit ich, zögernd, über ihn und uns schrieb, fürchte ich mich nicht mehr in diesem Haus hier mit seinen unbewohnten Räumen. Ich habe mich in zwei zurückgezogen, wie ein Hund, sie sind mein Reservat und richtig. Richtig, das ist ein Wort von ihm. «Das ist tief richtig», sagte er, wir verstanden uns. Aber vorher hatte er genau hingehört.

Ich weiß, was ihm gefallen würde in diesem Garten; die Ecke hier, wo es über ein Mäuerchen zum untern Teil geht, dorthin, wo der Gärtner sein Reich hat in der kleinen Serre. In jenem Gartenstück sind keine Blumen gepflanzt, es wachsen dort Orangen- und Mandarinenbäume, Wein, ein Feigenbaum und Tomaten. Von dort tauchen die Gärtner auf wie aus einer andern Welt, ich muß einmal hingehen und schauen, ob sie nicht auch Gemüse angepflanzt haben. Der kleine Hund, die Mouette, sitzt dort, und der sizilianische Gärtner ißt Brot zu Mittag, ich sah, wie er es in Bissen brach. Er sieht von seinem Platz in der Serre weit hinaus ins Meer, er hat den weitesten Blick.

Als ich es erfuhr, zerschmetterte mich zunächst der Gedanke, daß ich nie mehr einen Brief von ihm im Briefkasten finden würde. Nie mehr die Schrift auf dem weißen Umschlag, es ist nicht wahr, es durfte nicht das letzte Mal gewesen sein. Ich liebte diese Schrift. Sie ist kleiner geworden mit den Jahren, feine Zeichen großer Empfindsamkeit, Antennen, die sich nicht auszustrecken wagten. Hätte ich den frühen Tod daraus lesen sollen? (Einmal stand er vom Bett auf, saß noch ein wenig da, es war immer das Schönste, dann zu sprechen, leise und nah, und er sagte: «Wenn man älter wird, hat man nichts vor sich als den Tod.»)

Das war mein Zorn. Ich dachte und zwang mich zu denken: Ich habe noch das Leben vor mir. Hätte ich es

damals für dich gegeben? Aber ich wollte seines für mich. Seines in meins einplanen. War das ein Vergehen? Ich hielt ihm seine Konventionen vor und seinen Ehrgeiz, innerlich, ohne darüber zu reden. Er hielt mir die meinen vor, irgendwie. Er fand es flatterhaft, wenn ich viel unterwegs war – aber es gehörte doch zu meiner Arbeit, zu meinem Beruf. Er aber saß in seinem Haus, überdachte vieles, schrieb Wesentliches, philosophierte manchmal über die Fahrpläne der andern. Selbst wollte er nicht mehr reisen, höchstens sich auf Inseln zurückziehen, auf Inseln im Mittelmeer. Wie haßte ich diese Sommerinseln; später verachtete ich sie. Einmal aber empfahl er mir für einen Herbst dasselbe Ufer, an dem er Sommerwochen verbracht hatte. Und hinterher, als ich von guten Tagen dort berichtete, schrieb er erfreut: Jetzt warst du am selben Ort wie ich. Das berührte mich sehr.
Die einzige gemeinsame Reise, damals, um den Bodensee. Er übernahm die Straße, die Himmelsrichtung, die Mahlzeiten in richtigen Gaststuben und zur richtigen Zeit. Ich hatte die Zimmerbestellung, per Telefon, zu übernehmen. Zwei Zimmer nahe beieinander. Es war im Ausland. Es war schön. Auf der Rückfahrt, wir lagerten auf irgendeiner Wiese, stand er auf, nachdenklich wie üblich; er sagte: «Es ist richtig so», ich konnte es auslegen, wie ich wollte. Natürlich legte ich es für mich aus.
Einmal sagte er, sein Platz sei draußen, bei den Seinen, so glaube er. Mir schien es auch richtig so, ich hatte ja auch mein eigenes Feld zu bestellen, aber wie konnte unsere Beziehung gelebt werden ohne Ort? Ohne einen Flecken außerhalb meiner Wohnung; kein Erd-

reich, um Wurzeln zu fassen. Ich sähe nur meine Schwierigkeiten, sagte er, von seinen sprach er nie. Aber ich ertrug das Alibi nicht mehr, die Mappe, die immer dabei sein mußte bei seinem Besuch bei mir, die Mappe für die Flasche Whisky, für ein Manuskript, für ein Buch. Er ging nie ohne diese Mappe in der Hand von mir weg, mit der Mappe bestieg er sein Auto, die Mappe rechtfertigte alles. Mit der Mappe in der Hand pflegte er sich ein wenig zu schütteln, bevor er wegfuhr: glücklich, gehen zu können, unglücklich, wegzumüssen? Wenn ich es gewußt hätte! Ach, warum sagte er außerhalb meiner Wohnung nie, daß wir befreundet seien? Vor den andern galt, daß wir uns seit jungen Jahren kennen; aus Kindertagen, sagte ich spöttisch und hoffte, einmal, vor andern, von ihm den Satz zu hören: Wir sind befreundet.
Nach Jahren bat ich ihn, nicht mehr zu kommen. Er war traurig, aber er reagierte nicht. Die Reaktion, irgendeine, auch eine zornige, hätte ich mir gewünscht. So war es also wieder ich, die gegen unsere Begegnung war.
Mit der Zeit gehörte ich auch nicht mehr zu der Schar, die ihn als den großen Mann bewunderte, ihm gläubig anhing, ihm unbedingte Knappentreue bewies. Sie machten es ihm leicht, den Patriarchen zu spielen, sich auf jene Rolle zurückzuziehen. Doch ich kannte seine Verletzlichkeit, der er sich nicht mehr aussetzte. Die Freundschaft blieb. Sie trug mich durch einsamere Jahre. Einmal traf mich seine Einsamkeit, sie machte meine erträgbar. Wir hatten uns an einem Fest getroffen und uns fremd gegrüßt. Ich saß neben einem seiner Freunde und redete laut, tat

heiter, um nicht weinen zu müssen. Denn er saß genau am Tisch hinter mir, Rücken gegen Rücken. Warum drehte ich mich nicht um und sagte: «Georg, du bist hier, endlich, wie habe ich darauf gewartet, dich zu sehen!» Ich wußte genau, daß er, mehr als auf die Gespräche, auf den Fluß hörte, der nahe der Gaststätte groß und ruhig dahinfloß. Nachher schrieb er mir, er sei nach dem Fest durch den Regenwald nach Hause gefahren, tief traurig. Wir haben uns nie verloren.

Ich hatte ihn in diesem Sommer, gegen Ende des Semesters, nach seinen Vorlesungen gefragt, die ich, ganz früher, fleißig besucht hatte. Ich wollte ihn wieder einmal hören, es einrichten, mir die Zeit nehmen und den steilen Weg hinaufsteigen, um fünf Uhr in der Hochschule sein, an der er lehrte. Er hatte mir die Nummer des Saales genannt und den Weg dorthin in seiner genauen Art beschrieben. Denn da waren Umbauten im Tun, Neues war eingerichtet worden, die Gänge führten die Besucher in andere Richtungen als früher; ein neues Amphitheater, Quergänge durch Umbauten. Ich war frühzeitig im großen Gebäude und nicht atemlos, und ich fand, nach seinen Anweisungen, den Ort sicher und leicht. Alles stimmte genau, das Stockwerk, die Nummer des Saales, es war zehn Minuten nach fünf. Aber kein Mensch war zu sehen, der Saal leer, kein Anschlag wegen einer Verschiebung. Was war los? Sein Ruhm versiegt? Keine Zuhörer mehr? Wird er nicht bald auftauchen? Es dauerte, bis ich merkte, daß ich einen Tag zu früh gekommen war, ich hatte mich im Wochentag geirrt. So wollte ich denn am nächsten, dem richtigen Nachmittag wiederkommen; ich war dann auch unterwegs, in der Stadt, wollte die Straße den Berg hinauf einschlagen, aber es ging nicht. Entsetzliches Kopfweh hatte mich befallen. Ich erzählte es ihm hinterher, er meinte, so dringlich sei es ja wohl nicht, zu kommen. Es ist dann seine letzte Vorlesung gewesen.

Jetzt gehe ich wieder die alten Wege. Durch die Stadt. Jede Hoffnung, ihn zu finden oder ihn zufällig anzutreffen, hat sich für immer zerschlagen. Ich lebte ja oft auf winzige Zufälle hin, unerwartet und irgendwo auf ihn zu stoßen. Und wenn ich ein neues Kleid anzog, dachte ich, werde ich ihm gefallen? Eines nannte er Sternenkleid. Wenn ich ihn aber fragte, ob ich ihm gefalle, sagte er, das weißt du doch, oder, dieses Kleid wärmt dich.

Ist es nun anders, seit ich über ihn rede, seit E. mit mir über ihn redete? Denn auch sie ist unsicher und will fragen. Auch sie will Georg umkreisen, um ihn zu verstehen. Vielleicht kann ich ihr helfen, indem ich alles verschweige und sehr vieles sage? Sie habe sich gefragt, ob vielleicht ich die richtige Frau für ihn gewesen wäre, nicht sie? Was für eine loyale Bemerkung, die mich beschenkt, die mir den Raum läßt für die Beziehung zu diesem Mann, eine Rechtfertigung, damit sie im nachhinein leben darf. Ich kann energisch nein sagen – und damit trösten; sie und mich? Einmal, vielleicht, wird alles lange her sein.

Da war, kurz vor seiner schweren Krankheit, im Juli, unser letzter Abend gewesen, den ich nun zu verstehen versuche und vielleicht, nach Jahren, auch annehmen werde. Ein etwas ungeduldiges Telefongespräch, ich, mitten in der Arbeit, umgeben von aufgezwungener Tüchtigkeit, er sagte, er fühle sich nicht wohl, die Abreise in die Ferien sei verschoben. Ich, weitschweifig, entschuldigte mich, daß ich die Vorlesung verpaßt hätte, was er milde kommentierte: Ich benähme mich, wie wenn ich eine Stelle bei ihm zu suchen hätte, und dann: Du hast sie ja. Ich warf diese letzte Erklärung ungeduldig in die Telefongabel zurück. Da war diese Abmachung für einen Abend, zum Abendessen, wie üblich, draußen, wenn möglich. Er hole mich von der Arbeit ab. Dann aber, an jenem Tag, ein ungewohnter Anruf, er käme, entgegen unserer Abmachung, mit der Straßenbahn, um mich im Büro abzuholen, ob ich zufällig mein Auto bei mir habe? Erklärung, warum er seines in der Schulgarage oben lasse, folge später. Er kam langsam über die Straße zu mir. Wir mußten aber meinen Wagen erst holen, in eine Tiefgarage hinuntersteigen. Betonwände, Betontreppen, Stufe um Stufe, hinunter, in den Schlund. Wie oft hatte ich mich bei diesem unübersichtlichen Eingang, in der Dämmerung oder nachts, geängstigt, hatte mich mißtrauisch und schnell bewegt, wenn unbekannte Gestalten auftauchten. So, sagte er, Schritt um Schritt, so, und dort steht schon dein Wagen. Und als ich hinausfuhr, Kurve um Kurve und die Einbiegung kannte und die Straße fand: Wie gut du das machst. Später, am Tisch, beim Essen sagte er: Du wirst es nicht glauben, aber ich hatte Angst, durch die Stadt zu fahren, Angst, die Straße, das Haus, wo du arbeitest, nicht zu finden. Ich erkannte die Zeichen nicht, ich schüttelte sie ab, wie hätte ich eine solche Wahrheit annehmen können? Hinterher bist du es,

der mich schützte, an jenem letzten Abend, als wir zweimal in die Tiefe stiegen. Die letzte Höllenfahrt hat er, in seiner Art, begleitend mit genauen Worten erklärt, wie ich hinabzutauchen hätte, wieviele Kehren, um sein Auto zu finden, in das er dann einstieg, nachdem er mich gelobt hatte für die sorgfältige Fahrt.
Es ist wie die Hölle, sagte ich im schwachen Licht, ich habe Angst in diesen Tiefen, in Beton eingemauert. Und wenn der Motor nicht anspringt? Es ist ja alles gut, so hat er getröstet. Habe ich dir nicht alles erklärt? Es verlief, wie er voraussagte. Wo das Licht war, wie die steilen Kurven hinauf zu nehmen seien, die letzte Wendung, der Schlüssel, der das Tor aus dem Hades öffnete, uns hinausließ, dicht an dicht; die Vorsorge war so weit getroffen, daß ich gewußt hätte, was zu tun wäre, sollte sich unerwarteterweise das Tor schließen nach seiner Durchfahrt; der Schlüssel wäre dann unnötig, ich müßte nur auf den Knopf drücken, oben, beim Tor. Er hat angeordnet, was er konnte. Alle Vorsorge getroffen. Der Feuerlöscher in der Ecke. Es ist so, wie wenn mir seit seiner Begleitung in entsetzliche Betonkeller und wieder aus ihnen heraus alles leichter zufallen würde.
Der Hölle entflohen, draußen in der milden Nacht, winkten wir uns mit der Hand adieu.

Der Korridor
oder die kleine Arbeitserinnerung

>«Was in einem Menschenleben zählt, sind nicht die Ereignisse, die im Laufe der Jahre oder sogar der Monate oder Tage eintreten. Es ist die Art, wie sich eine Minute mit der folgenden verknüpft. Wieviel es den Körper oder vor allem, die Aufmerksamkeit kostet, Minute um Minute diese Verknüpfung zu vollbringen.»
>*Simone Weil: «Fabriktagebuch»*

Der rote Boden des Korridors ist gut gewichst, und er glänzt. Zuerst waren die Füße, die ihn abschritten, das Auffallende. Weitausholend, abrollend von der Ferse zur Spitze, es ergab einen Schwung, einen wippenden Arbeitsschwung: Hier wurde eine neue Zeitung gemacht, im neuen Haus, im Korridor, sie wurde erdacht und erschritten. Die weitausholenden, die akzentuierenden fröhlichen Fußbewegungen im Pfadfinderrhythmus begeisterten alle, sie rissen mit. So wollte man am Aufbau mitbauen, mit dabeisein, hineingezogen werden in den Strudel eines Aufbruchs.

Zum erstenmal eine Frau unter allen diesen tüchtigen, in die Zukunft blickenden Männern. M. merkte nicht, daß sie ihr Mitschreiten auf dem reinlich geputzten Korridorboden der modernen Aufgeschlossenheit der Leitung dieses Hauses zu verdanken hatte. Eine Frau im neuen Team machte sich gut, nicht ihre Tüchtigkeit oder gar ihre Person. M. dachte nur an ihre Ressorts, für die sie verantwortlich zeichnen würde, zwei Ressorts waren zu erfinden und zu gestalten, sie sollten mit Sätzen gefüllt werden, die man hinausschicken konnte. Diese Welt der Frauen, über die zu informieren war, sie kannte sie, es war ihre eigene Welt. Man müßte neue Themen anschlagen, sich einfallen lassen, sie ausbreiten, man müßte gemeinsam mit den Lesern darüber nachdenken, um ein paar Schritte weiterzukommen in diesem belasteten Feld. Das alles nun im Namen und auf dem Hintergrund einer großen Zeitung, nicht mehr verborgen in der Provinz. Auf einem kleinen Schild an der Bürotüre stand ihr Name, rechtfertigte ihre Anwesenheit, M. war stolz. Sie genoß es auch, nach vielen Alleingängen und Einzelunternehmungen, zu einem Redaktionsteam zu gehören, das Glied eines Ganzen zu sein. Es war schon, durch die offenen Türen einen Blick in die Büros zu werfen, links des Korridors und rechts des Korridors, und zu den Schreibtischen zu nicken. Hallo! begrüßte man sich. Ein Hauch amerikanischer Manier, alle waren wir gleich, auf demselben reingescheuerten Korridorboden. Rollkragenpullis betonten die Leichtigkeit des Umgangs, nur die Positivsten trugen eine Fliege zum weißen Hemd.

Wir waren eine Gruppe mit neuen Ideen. Alle wollten die bleiernen Wüstenseiten einer Zeitung, unserer Zeitung, auflockern und mit zündenden Ideen aufhellen. Alle krempelten die Ärmel hoch, M. krempelte mit, sie krempelte so unentwegt und eifrig, daß es ihr lange Zeit entging, daß die federnden Schritte im Korridor sich allmählich nach einem andern Rhythmus richteten. Das einzusehen brauchte Jahre. Als sie die andere Gangart endlich feststellte, empfand sie es als Täuschung, als Verrat an den Anfängen und nicht als eine Entwicklung. Sie will heute noch immer die Ohnmacht der Schreibenden im Betrieb, in ihrer Zeitung, nicht einsehen. Warum fiel es ihr zu spät auf, daß die wippenden Schritte allmählich kürzer wurden, nicht mehr so ausholend, die Abstände zwischen den Füßen wie gebremst, man täppelte durch den Korridor. Der journalistische Atem stockte, auch wenn die Chefs und die Tüchtigen, die es auf der Stufenleiter weiterbringen wollten, kameradschaftlich wie früher mit einem redeten. Verstärkt mit einem Wohlwollen, das man gegenüber Harmlosen leicht aufbringt. Sie bekamen aber doch allmählich einen abwesenden Blick, ihre Ohren schienen nach etwas anderem zu lauschen als auf den Satz zu hören, den man in diesem Augenblick aussprach oder auf die Meinung zu achten, die einer, einsatzfreudig wie früher, vertrat. Die Meinung des Gesprächspartners fiel ins Leere. Keine Antwort. Es war ein Wegschieben, man zählte nicht mehr. Die Schritte der Erfolgreichen waren schon sehr kurz geworden. Die Ohren lang und länger, bis M. feststellte, daß sie nach oben gerichtet waren, in die obere Etage, wo die wahre

Macht tagte, sich ordnete und durchsetzte. Wahrscheinlich waren die Ohren wie Antennen so nach oben gerichtet, um den in vielen Sitzungen angeschlagenen Ton nie zu überhören und um ihn auch im untern Stock zum Tönen zu bringen und durchzusetzen und für die nicht in gleicher Weise eingeweihten Kollegen richtig zu übersetzen. Wann begann, in M's Vokabular, der Verrat? Wann wurden die Trennlinien gezogen? Wann brach die Ohnmacht aus und wurde einsehbar? Für die wenigen, die verpaßten, sich anzupassen?
Vorläufig war's so: Ein einspaltiger, ein zweispaltiger, ein dreispaltiger oder gar ein vierspaltiger Titel, das waren die Fragen, die uns beschäftigten, so am Anfang und zuerst; in entsprechender Punktgröße natürlich, gestaltet nach den Ausmessungen des planenden Grafikers, der wußte, was gut ist, was verfängt und wie eine Zeitung auszusehen hat. Was eine Zeitung mitteilt, kümmerte den Grafiker wenig, die Aufmachung der Information war wichtiger als die Information selbst, denn der Grafiker wußte, daß der Leser, ein überfütterter Konsument, sich nur für einen Inhalt interessiert, wenn ihn das Äußere angenehm kitzelt. Die Auftraggeber, die Verleger und die verantwortliche Geschäftsleitung schenkte ihm williges Gehör; war nicht alles, was der Leser und was die Leserin von einer Zeitung erwartete und sich erwünschte, untersucht, hinterfragt, ausgelegt und bis in die kleinste Einzelheit zerpflückt worden? Die grafischen Erkenntnisse stützten sich ab auf kleidsam zusammengeklebte Statistiken und Umfragen der Soziologen und der Demoskopen. Die kannten den

Schlüssel; nicht nur, in welchem Verhältnis die Größe des Eisschrankes zum Einkommen stand, sondern auch die Sonderwünsche des Intellektuellen, der Hausfrau, der Einsamen und der Jungen. Wir etwas erstaunten Schreiber und Redaktoren, die die Bedürfnisse des Lesers nach andern Qualitäten einstuften, die aus ihrer Erfahrung Antworten wußten und Fragen erahnten, sie hatten zu üben: Kommentar rechts oben, kursiv; eine Frontpage hatte, nach angelsächsischen Vorbildern, anzureißen, die Hinweiszeile auf den Leiter im Ausland- oder Inlandteil nicht vergessen. Und so weiter. Natürlich machte es Spaß, man war lustig, und man war vergnügt, einstweilen. Keine Konflikte.

M., nicht mehr jung, hatte während langer Berufsjahre das Zeitungsmachen gelernt. Sie liebte vor allem das Dröhnen der Rotationsmaschinen, sie schaute gern dem Auswechseln der Halbzylinder während des gewaltigen Druckvorganges zu: Meister in blauem Übergewand kletterten in die Maschine, erstiegen über steile Eisenstufen hohe Rampen, prüften den Lauf des Papiers, gaben mehr Farbe und wischten sich die schwarzen Hände mit einem Knäuel Putzfäden ab. Hier, so schien es M., kamen die redaktionellen Bemühungen zu einem guten Ende, sie wurden sichtbar und greifbar, hier wurde eine Zeitung ausgespuckt, gefaltet, gebündelt in Postsäcke verpackt, auf große Wagen verladen, weggeschickt. Für eine Schreiberin gab's hier nichts zu suchen, aber aus Spaß ging M. in den Raum, wo die Maschinen dröhnten und man sich nur mit Zeichen verständigte. Das Blatt, das man herausfischte, roch stark nach Farbe, alle aber öffneten es mit derselben Neugier, der Neugier auf die Arbeit, die man gemacht hatte: Genügend Farbe? Saß das Klischee richtig, war's scharf? Paßte der Titel zur ganzen Seite? Dieselbe Neugier, ob schwarze oder andere Hände nach dem neuesten Blatt griffen: Es war unsere Zeitung, wir hatten sie gemacht. Wir waren Zeitungsmacher, M. fragte sich erst später: Waren ihre Seiten brave Seiten? oder Flugblätter in sanftem Gewand? Schreie in grafischem Gleichgewicht gehalten? War's Nachdenkliches? Konnte die Redaktion Voraussehbares richtig einschätzen und einordnen? Blieb's beim genauen Berichten, schon das ist eine hohe Kunst. Noch wurde sie nicht gerügt wegen zu düsterer Weltsicht oder zu unkonventionellen Legenden oder erfinderischen Einwürfen, noch war alles richtig, weil es der vom Grafiker vorgezeichneten Form entsprach, noch wurden die Gesetze der Einspaltigkeit, der Zweispaltigkeit, der Dreispaltigkeit oder gar der Vierspaltigkeit problemlos eingehalten, die Punktgröße stimmte und der Kursivcharakter spielte sich reibungslos ein. Die Inhalte waren weniger wichtig als die Form, sie versteckten sich hinter der gefälligen Grafik. Die besten Stunden der Woche waren für M. die Stunden in der Mettage, wenn sie, nach einem bestimmten Plan, für den Umbruch ihrer Seiten anzutreten hatte. Hier war das Zeitungsmachen ein strenges Handwerk und überschaubar. Kein Schwafeln, keine Phrasen, nichts zugelassen als die meßbaren Gegebenheiten: Etwas war richtig oder es war falsch; etwas ging oder es ging eben nicht, eine Seite hatte Platz für so und so viele Zeilen. Man mußte sich nach dem festen

Rahmen des Schiffes richten, er wurde bündig, hart an den Satz angeschlagen, er wurde mit einem Hebelgriff zusammengepreßt. Man mußte rasch arbeiten und genau, nämlich auf die Abschlußminute hin. Die Metteure aber stellten nicht einen Zeilensatz zusammen, der stumm war für sie, sie hatten Kenntnis genommen vom Inhalt eines Manuskriptes, das ihnen der Redaktor, redigiert und mit entsprechenden Angaben über Spaltenbreite und Punktgröße versehen durch die Rohrpost vom obern in den untern Stock gejagt hatte. Sie hatten eine intime Beziehung zu diesen Papieren, die ein jahrelanger Umgang mit ihnen hergestellt hatte. Es gab für sie interessante Autoren oder langweilige, sie machten auch keinen Hehl daraus. Das allerdings erst mit der Zeit, wenn sie die Meinung des einen verachteten oder den andern für seine kühnen Gedanken schätzten.

Beim Umbrechen wurde wenig gesprochen, man arbeitete, gemessen, auf Zeit, man konzentrierte sich auf die Minute, in der das schwere Schiff, mit der revidierten Abschlußseite darüber gelegt, zum Prägen weggetragen werden mußte. Es fielen wenige Worte, etwa: «So» und «Jetzt bitte dies», oder man fragte: «Finden sie den Titel nicht zu mächtig?» oder «Ach, dieser lange Riemen, können Sie nicht noch etwas kürzen?» oder: «Hier fehlt mir eine Zeile» oder «Bitte ein Wort kürzen, es gibt sonst ein Hurenkind». Schier barsche Zurufe, aber der eine respektierte den andern, der eine nahm die Bemühungen des andern wahr, die raschen Handgriffe der Metteure wurden von der Redaktorin geschätzt, die Metteure schätzten die exakte Vorbereitung und das Konzept, das sich

die Redaktorin für den Umbruch ihrer Seiten gemacht hatte. Schon beim allerersten Umbruch hatte sich M. im Mettageraum durchgesetzt, unangenehm genug, denn ein Klischee war verloren gegangen kurz bevor die Seiten – eine Première fürs Haus – unter die Prägemaschine geschoben werden sollte, es eilte, man hatte als Reserve ein anderes Foto, auch klischiert, aus der Schublade gezogen, M. sagte nein, es ist ein schlechter Ersatz, sie beharrte darauf, daß eben noch einmal ein Klischee hergestellt werden müsse, die Verspätung sei in Kauf zu nehmen. «Sie verlangen sehr viel von uns, wir sind auf den Knien», hatte damals der Chefmetteur gesagt. M. erklärte ausführlich, welche Gründe es gebe, genau dieses Bild und kein anderes einzurücken, sie hatte später das bestimmte Gefühl, daß diese Auseinandersetzung die Grundlage zur guten Beziehung gewesen war.
Hier im Mettageraum, er lag einen Stock tiefer als der Korridor der muntern Redaktionsschritte, stand man, leicht gebeugt über dem Mettagetisch, man hantierte mit der Pinzette und dem biegsamen Typometer aus Stahl. Der kurzgewachsene Mann, der das schwere Schiff vom Tisch ablob, die Seiten abzog und zur Korrektur vorlegte, lachte stolz. Immer waren es kurzgewachsene Männer, die diese Arbeit verrichteten, sie hießen meistens Hans, man sagte «der Hans», wie vom Stallburschen, der nicht soviele Schulen besucht hatte und eben nie hatte höher hinauf wachsen können. «Der Direktor grüßt mich nicht mehr», sagte einmal ein früherer Hans aus der kleinen Stadt, «ich war doch während 20 Jahren Mitarbeiter», und grollte weiter zu M., mit der er im

Briefwechsel stand, «ich werde ihm einen Gruß von Ihnen ausrichten, dem Direktor, dann wird er wohl stehen bleiben müssen und mich sehen.»

Manchmal nahm sich M. heraus, selber mit einer Legende, die in letzter Minute neu gesetzt werden mußte, in den Saal mit den ratternden Setzmaschinen hinüberzugehen, der Setzer nahm ihr das Manuskript ab, drückte auf die große Tastatur, die Buchstaben sanken ins brodelnde Blei und, zur harten Zeile gegossen, noch heiß, spuckte die Maschine sie aus. Die Zeilen wurden dann aufs schmale Blech, das Seitenschiffli, gelegt, mit einer Schnur fest umwickelt, damit sie nicht auseinanderfielen. Manchmal zog sich M. auch rasch ein Schnurstück aus dem aufgehängten Bündel heraus, man mußte nur leicht rupfen, dann löste sich die Schnur aus der Aufhängung. M. maß damit die offene Stelle, das Loch, im Schiff aus und ob die Länge des bereitstehenden Satzes ihm entspreche. Das wäre nicht ihre Angelegenheit gewesen, sie hatte nur dabeizustehen und Anweisungen zu geben, Wünsche zu äußern, Korrekturen vorzunehmen, auf Wunsch der Metteure. Die Schnüre dunkelten rasch durch die Druckerschwärze, das Material schien dadurch dünner zu werden. Keiner lachte M. aus, wenn sie sich, wie die Metteure über ihre Berufsschürzen, eine Schnur um den Hals hängte, man respektierte, daß sich diese Redaktorin voll in ihr Métier gestürzt hatte, daß sie das Métier in ihre Arme gerissen hatte und an sich drückte. Die Metteure aber waren nicht nur in ihren präzisen raschen Bewegungen der Redaktorin überlegen, oft auch in der Kenntnis der Zeitung, sie wußten genau, was vor drei

Wochen eingerückt worden war, und wenn M. sich nicht mehr genau an ein Thema erinnerte oder sich irrte in der Länge eines Artikels, machten sie M. kameradschaftlich schnauzig darauf aufmerksam. Bluffer aber wurden in der Mettage ausgelacht. Bluffen galt nicht. Das Typometer, angelegt an den Zeilensatz, auf dem man die Länge und die Punktgröße ablesen konnte, maß auch leise aber unbeirrbar das Wesen der aus ihrem Korridor heruntergestiegenen Redaktoren.
Was geschah mit diesen Kollegen, als das Blei ausfloß, die Buchstaben davonflogen, als der Filmsatz Einzug hielt und die Arbeit in der Setzerei nicht mehr überblickbar war? Als der Betrieb allmählich zur Fabrik wurde? Zunächst war alles lernbar. Die Metteure stellten sich um, wurden umgeschult. Technische Neuerungen sind lernbar. Und es ging ja alles allmählich, schier sachte vor sich. Die alten Schriftsetzer an den altmodischen Bleimaschinen gingen weg, das Lochband, hergestellt von Telesetterinnen, ersetzte sie nach und nach, das Lochband ernährte die Monotype- und Teletype-Ungeheuer, noch ratterten sie. Der Computer, in der Mitte des Raums, eingehäuselt in Glas, wurde mit einer Mischung von Respekt und Nonchalance behandelt. Doch er wurde immer vollkommener, sein Programm komplizierter, perfekter, die technische Direktion feierte Triumphe, das Haus leistete Pionierarbeit, die Kapazitäten stiegen. Immer schneller liefen die Maschinen, immer mehr Leute konnten eingespart werden. Kein Blei mehr, der Umbruch wurde geklebt, zudem der neue Trend: Man setzte auf Offset, die Drucker erfuhren neue Farb-

möglichkeiten, das neue Papier riß nicht mehr, man ätzte auf Gummituch.

Die alten Metteure und Chefmetteure stiegen in höhere Positionen, sie hatten die Berufsschürzen ausgezogen, sie gingen in Kittel und Krawatte, der sportlichste trug nun den Titel eines Abteilungsleiters, verschwand in einem Büro und sah verloren aus. Einer aber sagte, er mache die neue Mode nicht mit, er ließ sich, trotz verlockender Angebote auf höheren Lohn, frühzeitig pensionieren. Er erklärte, die Arbeit sei nicht mehr interessant für ihn. «Ich sah gern, wie ein Produkt entstand, heute muß ich eine Schranktüre anstarren, hinter der alles passiert.» In der einen Röhre gehe das Ganze hinein, aus einer andern komme es wieder heraus, stellte er fest. Und er verweigerte sich. Er weigerte sich, eine Arbeit, die ihm lieb gewesen war, total anders zu machen, es war nicht mehr seine Arbeit. Dann, näher befragt, im alten Montageraum in der Nähe des Computerhäuschens formulierte er es energischer: «Diesen Huerebruch mache ich nicht mehr mit.» Das sei eine Monotonie geworden, die er nicht aushalte. Und abschließend: «Sie machen mit uns, was sie wollen» und «Sie glauben nicht mehr an die Autonomie des Menschen.»

So einen Satz hatte M. in ihrem Korridor nie gehört. Im Korridor verweigerte sich keiner. Im Korridor hatte man sich angepaßt. Höchstens schimpfte man hinter vorgehaltener Hand oder hinter den nun immer öfters geschlossenen Türen. Die vielen Sitzungen, die häufigen Retraiten draußen in der Stille des Landes, weit weg vom Zeitungshaus, fern der Arbeit, wo mit psychologischer Hilfe und unter psychologischer Führung darüber nachgedacht, geforscht und geredet wurde, wie ein Betrieb zu laufen habe, wie man sich gegenseitig ertrage, ausstehe und lieb miteinander umgehe, weichte die Gemüter auf. Die Löhne stiegen, aber es stieg damit die Anpassung, denn wer wollte schon auf den in jungen Jahren errungenen hohen Lebensstandard verzichten? Man ließ sich ins Handwerk pfuschen. Man ließ mit sich machen, was «sie» wollten. Es waren langsame subtile Vorgänge. Und sie hatten mit dem Lichtsatz, mit der Einführung raffinierterer Technik, vorläufig nichts zu tun. Denn, so erlebte es M., die Entfremdung vom Blei konnte für die Redaktion ohne großes Bedauern stattfinden, sogar neues an Teamarbeit einbringen. M. wurde in ein neues Medium geworfen. Die neue Art, mit dem Lichtsatz umzugehen, lernte man Seite an Seite mit den Grafikern, die nun Layouter hießen und sich auskannten und zusammen mit den Redaktoren sich etwas einfallen ließen und zusammen mit den Schreibenden, den Redigierenden, den Fotografierenden ein Team bildeten, gemeinsam Themen erarbeiteten und sich deren Darstellung gemeinsam ausdachten; die Layouter nahmen den Text ernst, sie diskutierten darüber, sie äußerten sich dazu, so wie sich früher die Metteure freiwillig dazu geäußert hatten; die Layouter mußten es, denn sie konnten ihn nach freieren Gesetzen darstellen, mit Titeln und Zwischentexten und weißem Raum auflockern, die Fotos oder die Zeichnungen bestimmen, die Auswahl treffen, die Größe bestimmen, den Ausschnitt besprechen, man wählte gemeinsam die Farbe, das heißt, was auf die von der Maquette und dem verkauften

Inseratenteil zur Verfügung stehenden Farbseiten zu placieren sei, nach Wichtigkeit und Raffinement; die Aussagen wurden durch das entsprechende Layout intensiver, man wartete gemeinsam auf den Andruck (diesmal ging er über den Tiefdruck), brachte Korrekturen an, freute sich, ärgerte sich gemeinsam. Die Redaktoren wurden so zu Mitgestaltern, sie waren nicht nur die Anlieferer von Textmaterial, neue Serien entstanden und, zum besonderen Spaß von M., konnte man sich Rubriken ausdenken und die Schreibenden dafür gewinnen, sie motivieren, ihr Bestes hervorzubringen, weil es sorgfältig dargestellt werden würde mit Hilfe vieler Augen und vieler Hände und allen den Gedanken, die die Köpfe in unserer Abteilung sich dazu machten.

Freilich, die Entfernung vom Blei bedeutete für den Redaktor nun auch eine Entfernung vom Manuskriptpapier. Eine Entfremdung des Textes würde sich allmählich einschleichen und Folgen haben. Nicht mehr wie bis jetzt konnte man einen Text mit seinen Zeichen versehen, ihn selbst in die Setzerei befördern und ihm wieder persönlich als Bleisatz begegnen, um ihn selber zu umbrechen. Ein Text, für den man sich entschieden hatte, wurde einem sehr bald aus der Hand gerissen, mehrmals kopiert und kam sofort in die Bearbeitung vieler. Bevor er dem Computer ausgeliefert wurde, versah man ihn mit Chiffern, die der Redaktor selber nicht mehr entziffern konnte. Die Computersprache legte sich über einen Text, ohne ihn wahrzunehmen, er reagierte nur blitzschnell auf Zahlen und Buchstaben in geheimnisvoller Abfolge auf die Manuskriptseite aufnotiert, spuckte, den elektrischen Impulsen gehorchend, das Ganze auf Filmpapier. Es waren dann wieder Wörter und Sätze, die man lesen konnte, wie früher, wo sie sich inzwischen aber aufgehalten hatten, wußte keiner; sie hatten ihren Weg durchs Immaterielle genommen, waren eingespeist und gesammelt auf eine winzige Scheibe, die Tausende von Wörtern in sich sammelte, man konnte sie, kannte man die Zeichen, aus ihr abrufen. M. ließ sich das Redigieren auf dem Bildschirm, dem Terminal, zeigen, rief mit Tastendruck Texte ab, die in grüner Schrift sofort auf der Mattscheibe erschienen. Man konnte einen Lichtpunkt herumschicken zum Redigieren, Zeilen konnten ausgelöscht, andere Buchstaben eingesetzt, Silben neu getrennt werden. M. war froh, daß es für sie ein Spiel blieb und daß, wenn der Redaktor endgültig den Kugelschreiber aus der Hand legen und nur noch mit dem Lichtpunkt auf dem Bildschirm hantieren würde, ihre Berufsjahre abgeschlossen sein würden. Denn die Erfahrung zeigte, daß nicht nur die Augen, die einen Text lasen, die Qualität erfaßten, sondern daß das Ergreifen des beschriebenen Papiers mithalf zu beurteilen, einen Entscheid zu fällen. Das durfte man nicht laut sagen, weil es so unwägbar war, aber ein gutes Manuskript sprang einem anders in die Hand als ein schwaches, ein übles, ein unwahres. Aber noch hatten wir Papier vor uns auf dem Schreibtisch, am Bildschirm mit dem Lichtpunkt spielten wir, leichtfingrig, und noch lachten wir über den New Yorker Kollegen, der spaßig erzählte, er habe seinen Bericht, da er sich in der Nähe des Zeitungshauses befand, abgeben wollen, aber niemand mehr gefunden, der

ihm das Manuskript abnahm, niemand, der etwas damit anzufangen wußte; es blieb ihm nichts anderes übrig, als sein Zeitungshaus zu verlassen, eine Telefonkabine aufzusuchen, um von dort seinen Text in die entsprechende Maschine zu diktieren. Noch lachten wir über solche Geschichten.
Wir lachten, es waren Spielereien, es war anders als früher, aber was war nicht anders als früher? Noch ging man, mit dem Manuskript in der Hand, zum Kollegen ins nächste Büro, noch konnte man sagen «Bitte, lies diesen Abschnitt einmal durch», noch konnte man sich besprechen und verständigen und gegenseitig absprechen. Daß nun, so nebenbei, die Leute mit den technischen Kompetenzen, zum Beispiel diejenigen, die wußten, wieviel die kleine Scheibe an Buchstaben speicherte und warum; diejenigen, die frühzeitig merkten, daß der erste Computer, inzwischen fünf Jahre alt geworden, aus dem Steinzeitalter stammte und durch einen neuen ersetzt werden mußte, einen mit noch höheren Kapazitäten; daß diese Leute erhobenen Hauptes immer höher die Treppe hinaufstiegen, weil sie das Sagen hatten, störte uns noch nicht sonderlich. Wir wußten, daß wir für sie die Schreiberlinge waren, die Zudiener ihrer Zeitung, überflüssige Bremser im Ablauf der Herstellung eines Produkts, das sie reibungslos im Griff hatten. Noch lachten wir.
Andere Störungen, schwer wahrnehmbar, hatten sich eingeschlichen. Die Schritte im Korridor waren ins Stocken gekommen, nicht weil das Raffinement der Technik sie überrannt hätte oder sich ihnen entgegenstellte. Es lief anders. Aber wie? Wie fing es an, daß

die Schritte nicht mehr gleich ausholen, daß andere Schrittarten sich eingeschlichen hatten? Auch das Horchen nach dem obern Korridor hin wurde ängstlicher. Es war wie wenn eine Speise verdirbt. Der Chef fing an zu sagen, wenn ihm etwas nicht paßte: «Das macht mir Bauchweh.» Hinterher sagten wir, wenigstens hatte er Bauchweh, er merkte also, daß das, was man uns verabreichte, nicht mehr leicht verdaulich war. Fehlte das Salz, der Pfeffer? Oder war das Essen überzuckert? Welche Köche hatten den Brei gekocht? Der Irrtum war, daß wir immer noch davon überzeugt waren, selber die Köche zu sein, die die journalistische Würze einbrachten, dabei waren wir längst Angestellte eines großen Unternehmens geworden, festgebunden durch hohe Löhne, eingespannt ins Diagramm der Macht, eine sichere Struktur. Man konnte sie aufzeichnen, die weißen Felder, verbunden mit geraden Strichen, sie wurden ausgefüllt mit zuverlässigen Namen; im schraffierten Feld die Geschäftsleitung. DC hieß Departementchef im Direktionsrang. Dies alles hatte sich nach und nach im obern Stock herauskristallisiert, das Ziel der totalen Machtübernahme war eingeplant. Wir wußten nichts davon, wir kümmerten uns zu wenig. Die Buchstaben RC, Ressortchef, später einmal über die verschiedenen Ressorts der Redaktion – Abteilung Publizistik – gesetzt, waren noch nicht ausgesprochen und vorläufig kein Schreckgespenst. Noch glaubten wir daran, am Hebel der Zeitung zu sein, fühlten uns als Herren, gleichzeitig als Diener der Leserschaft, nicht als Diener des geschäftlichen Unternehmens – das eben war das tiefe Mißverständnis! Wir griffen tief in die Tasten der Information, ersannen Themen, trafen die Auswahl, versuchten die geistigen Strömungen zu erfassen, riefen diejenigen Mitarbeiter herbei und suchten sie fürs Blatt zu gewinnen, welche diese Strömungen erahnten und etwas darüber auszusagen hatten. Wir strengten uns an, selbst die Aktualität zu schaffen und zu bestimmen, nach unserer journalistischen Erfahrung und nach bestem Wissen und Gewissen. Noch wußte niemand, was gespielt wurde und was in sechs oder sieben Jahren zum Tragen kommen würde. Nur das oberste Kader der Redaktion war eingeweiht, aber da das oberste Kader seine Einweihung, seine Vertrautheit mit den Plänen der Obersten nur mit zuverlässiger Stummheit nach unten, dafür mit Fairneß gegenüber den Besitzenden – und mit 16 Monatsgehältern – erkaufte, sprach das oberste Kader nicht mehr im gleichen Ton mit uns weiterhin fröhlich Arbeitenden, journalistisch Marschierenden. Nur ein leichtes Erstaunen in unsern Reihen: Der verdiente Feuilletonchef, dem es zu verdanken war, daß die Zeitung mit den Jahren ernst genommen wurde, sagte mit seiner zivilen Bonhomie: «Schade, daß der Besitzer nie mit uns redet, wir sind doch, das muß man doch sagen, seine interessantesten Mitarbeiter.» Welche Unschuld gegenüber der Welt, in der die Gesetze des Budgets, der Einnahmen und Ausgaben, der Investitionen und des cash-flow den Jahresablauf bestimmten und Prioritäten setzten. Noch hielt man sich unverdrossen an die Einspaltigkeit der Titel, an die Zweispaltigkeit oder die Dreispaltigkeit oder gar die Vierspaltigkeit. Zuerst machte sich eine Art Ratlosigkeit bemerkbar, in der Rechtschreibung, man vertraute träfen Ausdrücken und scharf formulierten Sätzen nicht mehr, man setzte sie in Anführungszeichen vor einem Wort, das ins Schwarze zielte, Anführungszeichen hinter das Wort, wie wenn man ein Polster setzte zwischen seine eigene Meinung und den Leser. Abstützung. Kein Zusammenprall. Nicht mehr Hartes auf Hartes. Der Boden, auf dem wir unsere Schritte machten, war aufgeweicht, er federte, keiner wußte, welche Linie die richtige war, nach welcher wir uns richten könnten.

Zunächst wurde unser Benehmen im Haus kritisiert, wir hätten aufhorchen müssen, daß unser Chef nicht mehr in unsere Reihen gehörte wie am Anfang, daß er nun höheren Ortes andere Wörter hörte, die sich nach anderen Regeln richteten. Oder aus einer andern Welt, nicht der journalistischen sondern der Welt eines Unternehmens, das rentieren mußte und das zufällig eine Zeitung als Produkt herausgab. Wir glaubten immer noch, durch unsere informativen Wörter etwas bewirken zu können, Veränderungen hervorzurufen, wir unverbesserlichen Weltverbesserer. Die Strukturen wurden sichtbar, als der Chefredaktor, von offensichtlich meditativer Reise aus dem Osten kommend – er hatte sich in subkontinentalen Weiten Indiens seinen und unsern Job überlegt – sie kurz aufleuchten ließ. Er bezeichnete uns als «Horde», als «Räuberbande», als liebe und liebenswerte Räuberbande selbstverständlich, das waren wir noch immer, aber er schlage doch vor, daß wir, wenn der Verleger und Besitzer den Sitzungsraum betrete, um einmal im Jahr mit uns zu reden, doch vielleicht aufzustehen hätten zur Begrüßung und nicht so herumlümmelten in den bequemen Sesseln um den großen Tisch herum. Wir gingen gern darauf ein, warum eigentlich nicht, es gab Formen des Zusammenlebens, wir wollten sie gern beachten. Es war ein freundlicher Vorschlag des Chefredaktors, der ein- und ausging in der Unternehmer-Etage und uns dort oben zu vertreten hatte, uns und unsere Anliegen. Die Anliegen des Hauses nach unten aber vertrat er sicherer und bestimmter, so jedenfalls kam es uns vor. Wir bekamen zu spüren, daß wir uns der Buchhaltung des Unternehmens eher zu verpflichten hätten als den Regeln des Journalismus. Die Suche nach der Wahrheit, die sachgemäße Information als hohe Verpflichtung stand zwar immer noch in den Papieren und wurde uns von herbeigerufenen Fachleuten – wie hoch waren wohl deren Honorare, daß sie mit allen ihren Titeln und Erfolgen in der Demoskopie nach Zürich gekommen waren? – zu Zeiten gepredigt, sofern wir, das Fußvolk, bei hohen Symposien dabei sein durften. Es war manchmal so, als wenn wir gar nicht die Leute wären, welche die Zeitung machten, täglich und stündlich Schwierigkeiten ausgesetzt waren, sie zustande zu bringen. Einmal, als M. in einer kurzen Einführung mitteilte, daß sie unentwegt darüber nachsänne, wer der Leser des Blattes sei und was er mit dem dargebotenen Stoff anfange, wurde M. im Korridor, im Korridor der ausholend wippenden Schritte, vom Vertrauten des großen Unternehmens daraufhin angeredet und freundlich ausgelacht; denn wer der Leser unseres Blattes sei und was er zu lesen wünsche und wie, das hatten die Fachleute für das Unternehmen längst wissenschaftlich analysiert.

Aber M. war verletzt und beleidigt, sie fühlte sich in ihrer Arbeit nicht ernst genommen. Es gab aber noch nicht genügend Gründe, davonzulaufen, in Streik zu treten, sich zu verweigern. Als es einmal soweit war, dachte keiner daran, es wirklich zu tun. Die Zeiten hatten sich geändert. Wo anders konnte man sein Brot verdienen? M., an Kummer gewöhnt und daran, daß man in materieller Unsicherheit von Tag zu Tag leben konnte, ohne Versicherung links und Versicherung rechts, vertraglos und ohne Pensionskasse, wunderte sich sehr, als bei einer kleinen Aufwieglersitzung in ihrem Büro – «Das lassen wir uns nicht bieten», «Jetzt lassen wir es draufankommen» – der am besten gepolsterte Kollege (reiche Frau und Villa) ängstlich darauf hinwies, er könne seine Stelle hier im Haus niemals riskieren. Solche Zusammenhänge waren einzusehen und in ihren Verzweigungen wahrzunehmen. So wie Geld bindet und Ansehen festnagelt, so bindet Macht, seilt an, zurrt die Handlungen eines Menschen an den Mast, der ihm die Macht verliehen hat. Enttäuschungen, die dazu führten, die eigene Freiheit zu suchen, die eigenen Unabhängigkeiten wahrzunehmen und, wo immer es möglich war, auszubauen. Der Weg war lang. Er war mühsam. Schaffte er den Raum, um darin weiterzuleben und entsprechend zu altern? Ach, es war das Schlimmste, wenn die eigenen Räume verloren gingen. Irgendwie mußte man sie wieder finden.

Vorläufig mußte im Hause gespart werden, der cash-flow war von 15 auf 12 Millionen gesunken, bei zehn Millionen läutete das Emergency-Glöggli – man sprach mit uns, wie mit Kindern. Man erwartete

Loyalität von uns, es mußte gespart werden, die Auslandsgespräche der Redaktion eingeschränkt, die einzelnen Telefonapparate wurden geblockt, alles ging über die Zentrale. Diese Bestimmungen hielten nicht lange an, sie bremsten den Tagesablauf und erwiesen sich am Ende als teurer. Die Redaktoren konnten wieder von ihrem Büro aus automatisch telefonieren, aber besser nicht mehr nach Australien. Kinderschar? Räuberbande? Horde? Geldausgeber? Gefahrenquellen für die Buchhaltung, die am Ende, mit der Höhe der Auflage des Blattes und den Einnahmen durch die Inserate und den Eigeninvestitionen stimmen mußte. Die Kollegen des Wirtschaftsressorts nickten mit den Köpfen, als die Ermahnungen zum Sparen sich häuften. Man konnte diesen Vorgängen Folge leisten, schließlich waren wir gut bezahlt, nicht nur monatlich sondern auch mit einem 13. Monatsgehalt. Die Auszahlung eines 14. erlebte M. nicht mehr, er war, wie verlautete, zu verschweigen und später nur für das oberste Kader eingerichtet, und das oberste Kader hatte seine guten Gründe, es zu verschweigen. Vieles wurde da verschwiegen. Aus der Sprache der oberen Etage drangen nur Fetzen, und auch diese wohl kanalisiert, in die untere, wir hatten sie anzunehmen und zu verstehen, wir waren Angestellte. Das war die Schwierigkeit, denn gegen außen waren wir die Herren, die über Texte verfügten, jeden Tag ihre Meinungen öffentlich äußern durften, durch die Auswahl der Einsendungen, die Bestimmung der Themen, durch eigene Wörter in Titeln, Legenden, Kommentaren, Vorwörtern (die wir nun nach angelsächsischem Muster Editorials

nannten). Das Aussprechen dieser Wörter, die Bearbeitung der Themen sollten den Leser beeinflussen – so jedenfalls bildeten wir es uns ein –, hatten aber das Tückische an sich, auch uns zu verändern. Wir wurden andere, wir waren andere geworden, es war nicht immer leicht, das festzustellen. Denn unsere nächste Umgebung nahm diese Tatsachen nicht wahr, wir blieben die Kinder, die Horde, in wichtigen Fällen verlangte man von uns Loyalität. Und die Loyalität gegenüber uns? Welche Illusion, welche Naivität, das vom Haus zu erwarten; fürs Haus waren wir Lohnklasse so und so, je bestimmter das Diagramm, desto eingeengter das Feld für eigene Bewegungen. Manchmal blitzten Szenen auf, welche die Zusammenhänge aufleuchten ließen und blitzartig konnten wir die wahre Situation erfassen. Drei Szenen wiesen auf die Verhältnisse hin, zwischendurch ließ man uns springen. (Wir hüpften so wichtig, daß wir den Anfang des Stolperns nicht erfaßten).
Wir waren noch wenige, wir fanden Platz im Büro des Chefredaktors. Es war aber eine wichtige Zusammenkunft, der Verleger selbst sollte herunterkommen und uns eine Mitteilung machen, uns das neue Blatt, vom Hause eingerichtet, mundgerecht machen, der neue Chefredaktor des neuen Blattes sollte uns vorgestellt werden. Er kam verspätet, entschuldigte sich mit einer wichtigen Konferenz, die er, in derselben wichtigen Sache, der Zeitungsgründung nämlich, in Basel gehabt habe, es war ein gut einstudierter Auftritt, lässig-gewandt, eben im Boulevard-Stil, wie auch die angekündigte Zeitung eine Boulevard-Zeitung werden sollte. Wir waren nicht beeindruckt.

Wir waren beleidigt. Durften wir es nicht und war es nicht ein Zeichen der Ernsthaftigkeit unserer Arbeitsauffassung, daß uns das Eindringen der neuen Kollegen störte, die in ihrer Munterkeit und Unbekümmertheit und Sorglosigkeit von vornherein mehr Wohlwollen zu genießen schienen, als unseren Bemühungen je entgegengebracht worden war? Genossen sie nicht Rechte in diesem Haus und Geld für einen Stil, der bei uns als räuberbandenmäßig getadelt worden war? Diese unsere Reaktionen, im Redaktionskorridor wahrgenommen, waren wohl nach dem höhern Korridor hin gemeldet worden als Unfreundlichkeiten, sie waren aber doch eher ein Ausdruck unserer Anhänglichkeit an unser Blatt, und waren sie nicht auch ein Zeichen unserer Loyalität gegenüber dem Hause und nicht purer Neid? Viele von uns waren nun traurig, daß man es so sah und daß der Verleger, der so selten mit uns sprach und dem wir unsere Anliegen natürlich nie, gar nie, persönlich vorbringen konnten – Zustände wie im Militär, Rapporte aus der Truppe an den Hauptmann via Unteroffizier, Ordnung muß sein, es war zu verstehen und warum hatte man einen kollegialen Chefredaktor, der einen interpretierte? – uns nun freundlich ermahnte, freundlicher zu sein und freundlich den kleinen neuen Bruder, so wurde das Boulevardblatt von uns bezeichnet, aufzunehmen. Also es wurden uns Geschwisterpflichten überbunden, bevor wir je als Söhne und Töchter des Hauses genannt worden waren, geschweige denn angenommen. A propos Tochter: Da gab es Schwierigkeiten für die Redaktorin, die im Männerteam wie ein Mann arbeitete, nur vielleicht ein bißchen mehr, weil sie sich behaupten mußte; sie wurde, in den zwei, drei Begegnungen mit dem höflichen Verleger höflich als Frau behandelt, rücksichtsvoll, aber nie wurde über ihre Arbeit und ihre Leistungen geredet im Dienste der Zeitung, sondern sie wurde, sehr rücksichtsvoll aber kränkend, auf ihre privaten Verhältnisse hin angesprochen, würden das je ihre Kollegen? Man berücksichtigte darin, auch das beleidigend für ihre Arbeit, daß sie, unverheiratet, ja wohl für ihre eigene Existenz aufkommen mußte und daß das achtenswert war.

So hemmend wirkte die neue Zeitung im eigenen Haus nun wieder nicht, daß sie die eigene Initiative gelähmt hätte, es war nur ein erstes Zeichen dafür, daß man als Redaktor gegen außenhin kreativ sein durfte, es sein mußte, aber daß man gegenüber dem Unternehmen ein kleiner Angestellter war, der nur dann über neue Unternehmungen orientiert wurde, wenn es dem Unternehmen paßte. Über das Aufgeben der neuen (brüderlichen) Zeitung, schon nach kurzer Zeit, erfuhr man auch erst hinterher.

Über etwas anderes, das sie später als Verrat im eigenen Haus bezeichnete, ist M. nie hinweggekommen. Es war eine redaktionsinterne Angelegenheit größten Ausmaßes und aufregend. Ein Beitrag zu einer städtischen Abstimmung sollte von dem einen Ressort publiziert werden. Es war eine Kritik an der Vorlage, sie war abgesprochen mit der gesamten Redaktion, wie üblich, und sorgfältig geplant worden, denn das Lokalressort vertrat eine ganz andere Ansicht, das Lokalressort unterstützte die Vorlage, die eine Vorlage der Regierung war. So weit, so gut.

Das war auch schon vorgekommen, es gab Regelungen der Zeit und des Gewichts für eine Zeitungsredaktion, sie loyal zu handhaben, der Koeffizient war errechnet worden, er stimmte. Nun war, für eine round-table-Diskussion, ein Vertreter, der höchste, des Stadthauses im Zeitungshaus, und es erwies sich, daß er im Bild war über den kritischen Beitrag, der gerade über die Zylinder der Tiefdruckanlage lief, um am übernächsten Tag ausgeliefert zu werden, also dann erst unter die Augen der Leser zu kommen. Daß der Stadtpräsident, als eifriger Vertreter der Vorlage, sich darüber ärgerte, daß unsere Zeitung einen kritischen Artikel, einen Artikel gegen seine Vorlage publizierte, war verständlich und sein gutes Recht. Die Frage für uns Journalisten war nur die: Wie hatte er Kenntnis bekommen von einem noch nicht veröffentlichten Artikel? Wer hatte ihn davon in Kenntnis gesetzt? Gewiß nicht wir, die für diesen Beitrag als verantwortlich zeichnenden Redaktoren, sondern doch wohl die Kollegen desjenigen Ressorts, das ihm und seiner Vorlage freundlich gesinnt war. Da lief also ein Draht nach außen, zu Regierungsstellen, reibungsloser, direkter, heißer als der Informationsdraht zwischen den Ressorts und zwischen Kollegen, die ja ihre internen Auseinandersetzungen nicht nur nach journalistisch üblichen Grundsätzen zu regeln imstande sein sollten, sondern die auch den Stempel selbstverständlicher Loyalität trugen, tragen sollten. Unter dem Druck des Regierungsvertreters mischte sich die Chefredaktion ein, wog ab, entschied sachlich, der Druckvorgang wurde gestoppt, einige Änderungen wurden vorgenommen, vielleicht waren sie sogar sachlich vertretbar, vielleicht war es sogar richtig, den Forderungen des Stadtpräsidenten, dem man freundlich gesinnt war und den man sich gewogen zu halten bemühte, nachzugeben, es lag in der Entscheidung der Chefredaktion und vielleicht überblickte M., die mit ihren Themen außerhalb der Tagespolitik stand, die Konsequenzen zu wenig. Also man änderte, man dämpfte die harte Kritik an der Vorlage. M. empfand alles deshalb als Schmach und als ganz übles Spiel, weil sie darüber Auskunft wünschte, wie die Information über den unveröffentlichten Artikel ins Stadthaus hatte gelangen können. Achselzucken, keine Antwort, der Lärm M.'s wurde wie eine lästige Fliege abgewischt, er war zu unwichtig. Das war ein harter Schlag, und M. erfuhr zum erstenmal ganz deutlich, daß sie nicht dazugehörte, von höhern Stellen nicht ganz ernst genommen wurde und vor allem, daß die höhern Stellen auf verschlüsselte Weise wußten, daß sie die höhern Stellen waren und das Sagen hatten im Korridor. Von nun an gab's Schritt-Unterschiede. Der Rhythmus war endgültig gestört und sollte sich nie mehr einstellen. Man war vorsichtig und mißtrauisch.

Da war eine dritte leidige Geschichte, die aufklärte, wie die Wege so gingen, welche möglich und welche unmöglich waren. Fürs Ganze, fürs Zeitungshaus hatte man zu wirken, es gab allgemeine Absprachen, Usanzen mußten berücksichtigt werden, ohne sie funktionierte eine Zeitung nicht. Den Redaktoren war das geläufig, auch die Pflicht, sie immer wieder zu überdenken und sich mit Chefredaktion und Kollegen abzusprechen. Eine selbstverständliche Übung. Es galt aber auch, sie zu vertreten gegen außen, gegenüber den Mitarbeitern, und da geriet man schon hie und da in die Klemme, denn es war Mode geworden, das Vertreten dieser in der Tradition der Zeitung liegenden Gegebenheiten als Zensur zu verhöhnen. Man mußte viel reden, aber es war zu leisten, denn es war auch die Aufgabe eines Redaktors, den Mitarbeitern die Fassungskraft des Blattes nicht nur in der Länge oder Kürze eines Beitrages zu erklären, sondern auch aufmerksam zu machen auf die Unflätigkeit eines Ausdrucks, der die Gefühle der Leser verletzen könnte. Die Gefühle des Verlegers, des Geldgebers, hieß es dann höhnend von den Mitarbeitern, die man zur Kühnheit animiert und die man aufgebaut hatte. Aber daß die Arbeit des Redigierens eine Gratwanderung ist, war ja auch das Faszinierende daran, bon sens und Sinn für Humor waren gute Ratgeber. Das gegenseitige Abwägen ging immer gut bei gescheiten Mitarbeitern, am Schluß einigte man sich und nahm es in Kauf, wenn die Stimmen sehr laut wurden und Telefondrähte zwischen Paris und Zürich, beispielsweise, heiß anliefen, und die Gespräche lange dauerten. Denn in jener Stadt hatte man es mit einem temperamentvollen Mitarbeiter zu tun, einem journalistisch reagierenden, mit einem der gebildetsten, einem sprachmächtigen, einem Unflat, der ins Zeug griff, auch in den Dreck, einem, der aussah wie ein Unhold, daherfegend in Töffmontur und die Festverdienenden beschimpfend als Feiglinge und Feinde. Er war aber ein Freund unseres Ressorts, weil wir ihm ins Gesicht mit den sanften Zügen blickten und seine delikaten Zartheiten nicht übersahen. Unter dem wilden Haarschopf der blaue Blick eines Kindes. Kühn in den Themen, die im engsten Kontakt mit der Redaktion unseres kleinen Wochenressorts entstanden waren, war dieser Mitarbeiter, dieser Nicolas, in den Mitteln, wie er sie erarbeitete, nicht wählerisch, er brauste durch die Sprache wie ein Sturmwind, er schlug mit Sätzen und Wörtern um sich und traf unzimperlich schwache Stellen im gesellschaftlichen Gefüge. Wir hatten zu reden und manchmal zu dämpfen und seine tiefe Räson auf die Räson eines Zeitungsunternehmens einzustimmen, es ging, es ging jahrelang. Denn da war Leidenschaft, die unserer Zeit so sehr abging, unserer Zeitungszeit auch, die alles zerstückelte in Unsicherheiten und in Vorsicht. Nicolas gestaltete seine Beiträge ganz ohne Anführungszeichen, dieser Ungebärdige, der so leicht zu führen war, wenn man ihn im richtigen Augenblick auf sein Ungebaren und sein Unmaß aufmerksam machte. Er war aber in der Zwischenzeit berühmt geworden, ein Markenzeichen, das man sich gern ansteckte. Wer konnte es ihm verargen, daß er kräftig ins Kraut schoß und unser Blatt als sein Feld betrachtete, wo er seine temperamentvollen immer genau liegenden und geschichtlich immer fundierten Reaktionen auf Hoffeiern oder Filme placieren konnte. Es war nur so, daß seine Artikel in den andern Ressorts nicht sorgfältig genug durchgelesen und behandelt wurden, unüblich Unflätiges wurde ungefiltert in die Zeitung gesetzt, gedruckt, den Lesern hingeworfen, und Nicolas bekam von oberster Stelle, von Seiten des Verlags, Schreibverbot, er wurde hin-

ausgeschmissen. Wo waren die Redaktoren, die zugegeben hätten, daß Nicolas auch wegen ihrer Unaufmerksamkeit gestolpert war und fiel, höheren Beschlüssen zum Opfer fiel? Vielleicht, es ist nicht auszuschließen, war man höheren Orts froh über die Nachlässigkeiten und Fehler, die passiert waren, sie boten Gelegenheit zum Rauswurf eines Unbequemen, dessen Stil und Weltanschauung man anstößig und dem Gehaben des Zeitungshauses nicht entsprechend fand. Und nun waren plötzlich alle Opfer höherer Bestimmungen. Die Redaktoren klagten und beklagten sich und keiner stand zu seinen Fehlern, das Hauptopfer, Nicolas, beklagte sich nicht, sondern schrie laut und ungebärdig, in anstößigem Vokabular, gab so hinterher den Hinauswerfern noch mehr Recht und verbaute sich jede Möglichkeit einer Rückkehr, für die sich einzusetzen die schuldigen Redaktoren nicht zu flöten aufhörten, wenn, ja wenn sie zur Macht kämen und mehr Einfluß gewännen.
Wohin war der Journalismus geraten, für den man sich einsetzte, zu dem man sich entwickelt hatte und den zum Blühen zu bringen man immer als notwendiger und dringender erachtete? Kompromiß um Kompromiß, damit der Betrieb – und die Zeitung? – sich halte. Nicolas wurde als verantwortungsloser Zunftgenosse abgestempelt, weil seine Rache Eulenspiegeleien waren, die zu verstehen und zu genießen – sie waren lustvoll – keiner das Verständnis aufbrachte. Mißtrauen gegen Mißtrauen. Welche Verantwortungen waren ernster? Wann kippte die Loyalität gegenüber dem eigenen Blatt um in Anpassung an Stellung, Fortkommen und Monatslohn? Wann mußte der

Widerstand, zu dem wir in unsern Texten aufriefen, mit der eigenen Person gedeckt, persönlich geübt werden und nun eben in Wirklichkeit stattfinden? Es war unsere Qual.

Nicolas schrieb weiter, war weiterhin gescheit, haute um sich und oft über die Schnur – er müßte doch einsehen, wie sehr daneben er sich benommen hat, sagten die Gerechten – und kam sehr wahrscheinlich der Wahrheit immer eine Spur näher. Unser Schreiben indes wurde zögernder, es hieß jetzt in einer Sache immer «einerseits» und «andererseits», auf eine Darstellung folgte flugs auf der gleichen Seite eine Gegendarstellung, man nannte das differenzierten, ausgeglichenen Journalismus. Viele merkten nicht, daß es das Ende des journalistischen Handwerks ist, wenn keiner mehr seine Meinung vertreten darf.

Stadtmelodie

«Et quiconque nous parle du
fond de sa solitude nous parle
de nous.»
Violette Leduc

Der römische Corso ist schmal. Das Schlendern hinauf und hinunter, das Sichschieben, um gesehen zu werden, um die andern zu sehen, wo ist es geblieben? Vom Licht, auch am Tag, gerät man in den Schatten. Eine Schlucht, der Corso. Unser Autobus biegt in den Corso ein, man wird an der Stange gerüttelt, an den Nachbarn geschleudert, ein hilfloser Haufen Menschen. Die Bahn ist gelb bezeichnet, nur der Bus und Taxis dürfen hier fahren. Sie fahren sehr schnell. Die Menschen in den Bussen versuchen, ihren Stand zu halten, nicht umgeworfen zu werden, nicht vom Sitz zu fallen. Aber jetzt weiß ich, wo wir uns befinden. Sirenengeheul, keiner dreht den Kopf, zum wievielten Mal heute? Und weshalb? Längst sieht man nicht mehr durch, man hat sich daran gewöhnt, nichts zu wissen. Jeder duckt sich in seine Spur, dreht kaum merkbar den Kopf. Vorn in rasendem Tempo ein Polizist auf schwerem Motorrad, ein zweiter, ein dritter; sie geben Zeichen, jeder andere habe die Fahrt zu verlangsamen. Sie machen den Weg frei für Wagenladungen voller Carabinieri, die auf Längsbänken in den grauen Kastenwagen sitzen, sie werden, im Bedarfsfall, dicht hintereinander hinten herausspringen und eingreifen. Jetzt, mit Vollicht, ein Personenwagen, im Fond, nur den Bruchteil einer Sekunde sichtbar, ein blasses Gesicht. Einer der Mächtigen, einer, der uns regiert, einer, der geschützt werden muß, weil er uns regiert. Nimmt er uns wahr? Sieht er, wie wir ganz leicht den Kopf einziehen, bereit sind, in Deckung zu gehen, weil wir nicht erschossen werden wollen, weder für ihn noch aus Zufall? Wir möchten nach Hause, wir müssen noch Brot einkaufen, bevor der Laden schließt. Der Bus nimmt einen andern Weg als sonst, einer fragt nach der Nummer, es sei doch der 75ger? Warum dann eine andere Straße, vielleicht ein Protest vor dem Parteigebäude, ein Streik bei den Haltestellen jener Straßen? Wir kamen über die Brücke, wir erkennen sie, auch wenn wir zusammengepfercht in der Mitte stehen. Aber jetzt sind die Straßen verstopft, ein Chaos, hie und da öffnet sich eine Lücke, der grüne Autobus quält sich hinein, Zentimeter von anderm Blech entfernt. Einer schaut auf die Uhr, die schweren Taschen der Frauen sinken immer tiefer, ein dicklicher Bub erkennt im Bus hinter uns einen Kameraden, gibt Zeichen und schreit, er werde am Samstag zu ihm kommen, am Samstag, hörst du? Und dreimal mit lauter Stimme im Lärm des Verkehrs, im Hupen und im Motorengeräusch: «Hast du mich verstanden, capito? Capito?»

Wie war's, letztes Jahr, in New York? Die beiden Frauen lagen im Hotelzimmer auf dem Bett und warteten. Die jüngere der Frauen weint leise vor sich hin. Die ältere meint, es sei gut, daß man sich zusammengetan habe. Von zweien verliere immer nur eine die Nerven. Sie hatten sich auf einer Reise zusammengetan und wollten in die Karibik fliegen, an den Rand eines Urwaldes, der Ort hieß Vieux Habitants. Die ältere der beiden hatte diesen Ort wegen seines Namens ausgewählt, sie war gerade am Altwerden und unsicher geworden in ihren Plänen – was hatte sie für die restlichen Jahre schon zu planen, da sie ja nicht übersah, welche Kräfte ihr übrigblieben, die Pläne zu bestehen und zu überstehen. Vieux Habitants, sie dachte dabei an glückliche Menschen, sie hatte als Studentin in Paris vor vier Jahrzehnten Joséphine Baker kaffeebraun und lachend im Bananenröcklein herumtanzen sehen, die alten Bewohner von Guadeloupe taten das vielleicht auf der Dorfstraße? Die ältere der Frauen hielt sich überhaupt stark am Namen, nicht nur geographisch; Assoziationen, die sie in ihr auslösten, benützte sie als Zauber, um Dinge zu benennen oder zurechtzubiegen. Diesmal waren es Wörter, die die beiden Frauen gleicherweise verstanden, sie stammten aus derselben Gegend, aus einer Weingegend in der Schweiz, am schönsten See. Wenn die junge Frau erzählte, sie habe dem Großvater gern geholfen, das Käu zurechtzuschneiden, mußte die ältere nicht in Friedlis Bärndütsch nachschlagen, um zu wissen, daß es sich um Rebstöcke handelte, die an der Hausmauer hinaufklettern oder eine Weinlaube im Garten bilden.

Nun hockten die beiden Frauen in einem Hotelzimmer in New York und warteten auf den Weiterflug nach Point-à-Pitre, von dort wollten sie über die Urwaldstraße an die südlichste Ecke der Basse Terre, um sich an der karibischen Sonne zu erholen. New York lag im Schnee. In diesem Winter Februar 1979 war viel Schnee gefallen. Es schneite unaufhörlich, und der Verkehr war lahm gelegt. Die ganze Stadt war lahm gelegt, nichts funktionierte mehr. Gestern hatten sich die beiden Reisenden darüber gefreut – es war ein geschenkter Tag, weil die Abreise verschoben worden war –, sie waren durch die Straßen gelaufen, über Schneehaufen gestiegen und hatten gelacht, wie die spärlichen Taxis, die noch unterwegs waren, schlitterten und nicht vorwärts kamen und wie New Yorker sich Skier an die Füße gebunden hatten, um ihre Offices zu erreichen.

Die junge Frau war in ihr Hotelzimmer zurückgekehrt, es lag im einundzwanzigsten Stock in der 45. Straße; das Licht falle jetzt so schön über das Hotel Woodstock, es sei wie im Winter hoch in den Bündner Bergen, die Schluchten und dann die Helle der Höhe, sie wolle fotografieren oder zeichnen oder beides. Sie versicherte ihrer Freundin, sie weine jetzt nicht mehr haltlos wegen Paul, mit dem zu leben ihr alle Kraft nehme. Selbstwerdung und liebende Partnerschaft, welche Anstrengung! Es entgehe Paul ja völlig, wie er sie ausnütze, und jeden Tag davon reden und sich neu behaupten, das könne man auch nicht. Die beiden Reisenden hatten Grund zur Freude, denn sie hatten ihre Flugkarten für Point-à-Pitre, über Miami, nun doch fest in der Hand, mit Datum, dem o.k. und der Abflugzeit versehen. Sie hatten ihr ganzes Vokabular dafür aufwenden müssen. Als sie vor zwei Tagen im Büro der Fluggesellschaft ihre in Zürich gebuchten und bezahlten Flüge bestätigt haben wollten, hatte man ihnen mitgeteilt, es sei nichts gebucht, nichts reserviert, nichts ausgestellt, es gäbe keine Buchungen unter diesen Namen, weder nach Miami noch Point-à-Pitre, weder bei der PAN AM noch der Western Air Lines. Es gab sie nicht, die beiden Frauen, keine ältere, keine jüngere, keine Schweizerinnen und im übrigen auch keine freien Plätze an diesem Donnerstag. Die beiden Frauen waren für die Karibik nicht vorgesehen. Weder ein noch aus wußten die beiden, denn sie erfuhren zum erstenmal, daß man inexistent ist, nicht über den Computer abrufbar. Aus dem Computer waren sie offensichtlich herausgefallen. Sie nannten mehrmals ihre Namen, wiederholten die Bestellung in Zürich aufs genaueste. Auch ihre Wut aufs Zürcher Reisebüro und den bleichen Blonden, der lieber – sie hatten es wohl bemerkt – drei Wochen Bahamas, Luxushotel und Ausflüge inbegriffen, verkauft hätte statt die listigen Fragen der jungen Frau zu beantworten, die, eine versierte Weltreisende, ihre Abwesenheiten von zu Hause genau budgetierte; sie bezahlte sie aus selbstverdientem Geld und hatte Erfahrung in billigeren Varianten. Diesem Blonden, der die Welt so leicht verkaufte und je nach Komfort an Reiche und weniger Reiche verteilte, war ein Fehler passiert. Das New Yorker Büro tat das Menschenmögliche, schrieb die beiden Frauen wieder in eine Warteliste ein und in kürzester Zeit auf die richtige Liste. Nun waren sie neu bestätigt und konnten am Freitag nach Pointe-à-Pitre fliegen. Jetzt war also Freitag. Über Manhattan hatte sich Schnee gelegt, die Flugplätze waren gesperrt. Die ältere hätte am frühen Morgen die jüngere auf dem Weg zum Flugplatz in deren Hotel abholen sollen. Als sie mit gepackten Koffern in die Halle trat und das Taxi bestellte, es war noch früh und ziemlich dunkel, zeigte der Concierge mit müder Gebärde zur Schwingtüre hin. Draußen schaufelten Männer mühsam den Eingang frei und einen schmalen Pfad zum Lieferanteneingang des Hotels. Das Wort Airport und der Ausdruck absolutely entlockten dem Stummen nur Kopfschütteln und no und man wisse gar nichts. «No» und Nichtwissen und nicht einmal fragen können beherrschten den Freitag und die Frauen. Die jüngere war schließlich zu Fuß zur älteren gekommen. Sie reiste ohnehin nur mit Taschen und Säcken. Sie war selbständig und auf die Hilfe anderer nicht angewiesen. Fliegen oder nicht fliegen? Das Hotelzimmer der älteren war noch nicht vergeben, die jüngere hatte das ihre aufgeben müssen, es gab nichts zu tun als zu warten. Würde der John F. Kennedy-Airport doch noch aufgehen? Keine einzige Telefonnummer, welche die beiden Frauen abwechslungsweise immer wieder gewählt hatten, antwortete. Reisebüros, Flugplätze, Wetterstationen und Auskunftsbüros schwiegen. Entweder kam das Besetztzeichen oder ein Antwortband, man sei beschäftigt, call again! Stundenlang, immer wieder. Wenn heute nicht geflogen wurde, wäre die Buchung wieder vertan, das Spiel, der Kampf um freie Plätze würde von neuem beginnen. Das wußten die beiden. Nun

waren sie eingesperrt im Hotelzimmer, ohne Verbindung mit der Außenwelt, auch New Yorker Freunde wußten keinen Rat, und ihnen blieb nichts zu tun als abzuwarten. So viel Schnee, hieß es, habe es in Manhattan noch nie gegeben. Die ältere legte der jüngeren eine Decke über den Rücken, als diese leise schluchzend ihr Gesicht ins Kissen vergrub. Aus ihrem Hotelzimmer habe sie wenigstens das Wetter beobachten können. Hier, im teureren Hotel könne man nicht einmal feststellen, ob es noch schneie oder schon aufgehört habe, ob neue Wolken am Horizont sich bildeten oder ob schon ein heller Streifen am Himmel zu entdecken sei. Das elektrische Licht brannte, es knackte in den Heizungsröhren, der ergebnislose Telefonapparat war unsanft weggestoßen worden. Schließlich, nach Stunden, hatten die Reisenden es aufgegeben, den Knopf des Fernsehapparates von einem Programm aufs nächste zu drehen, um den Wetterberichten und Meldungen über Windstärken, Wasserstand und Gezeiten zu entnehmen, ob und wann Flugpisten endlich freigelegt würden. Die ältere der Frauen fuhr hie und da mit dem Lift in die Hotelhalle, die düsterer schien als sonst. Der Concièrge vom Mittagsdienst war ebenso übel gelaunt wie der am Morgen. Es schneite immer noch.
Die ältere der Frauen wunderte sich einen Augenblick lang, wie gelassen sie den Ablauf dieses unsicheren Tages wahrnahm, wie wenig sie die Schwierigkeiten berührten, die ihr Schicksal nicht mehr betrafen, sie hatte vor einiger Zeit, durch Zufall, eine andere Melodie gehört, der sie nun lauschte und die sie nie mehr ganz verlassen würde. Sie nannte sie die Stadt-

melodie. Die neue Melodie hätte der Anfang eines Buches werden sollen, aber dann hatte sie den Plan verworfen: Es war alles viel zu tragisch, zu persönlich, ihr Schicksal interessierte sie nicht mehr auf diese Weise. Sie verwertete jetzt den Buchanfang als Anekdote in ihren Geschichten. Sie war wirklich eine ältere Frau, aber sie wußte es zu jenem Zeitpunkt noch nicht. Sie war gerade aus ihrer Berufsarbeit ausgestiegen. Nichts läßt sich gegen einen Jahrgang tun, die Rentengesetze kommen in Kraft, die Firma ist darauf ausgerichtet. Sie hatte das Gefühl, ihren Posten verloren zu haben, hinausgeworfen worden zu sein. Sie dachte sich sofort eine neue Arbeit aus, organisierte, fädelte ein, ersann Neues, spann ihre Fäden bis New York. Eine Verhandlung vorbereitend, hatte sie die Public Library, ein paar Blocks die 5th Avenue einwärts, aufgesucht und wartete nun im ersten Stock auf die Kopien der Texte, die sie benötigte. Herumschlendern im Katalogsaal. Gab's Leute ihres Namens wohl auch in diesen Staaten? Der erste und zweite und dritte Buchstabe war im Zettelkasten zu entdecken, kein Zweifel, es fand sich ein Kärtchen ihres Namens, es war sie selbst, Herausgeberin norwegischer Dokumente, von damals, aus Zeiten des Widerstands im Krieg. Dinge, die sie verdrängt hatte. Aber es stand schwarz auf weiß, eine Karte unter abertausenden, sie war es. Ausweis einer Arbeit. Warum nun nicht von hier aus die Untersuchung ihrer eigenen Person, die ihr so fremd geworden war und die sie nur nach Leistungen zu bewerten imstande war. Wäre der älteren Frau, ehemals berufstätig und nun im Rentenalter, dies nicht in N.Y. Manhattan passiert, hätte sie diese Spur vielleicht weiter verfolgt. Aber hier störten sie die Lobgesänge der jungen Literaten, die so jung nun auch nicht mehr waren, aber die hier auf dem Asphalt ihre Provinz hinter sich zu lassen schienen und ungestört nach ihrer großstädtischen Seele gruben. Sie selbst war unliterarisch und fühlte keine Verpflichtung, ihre Heimat sprachlich zu vertreten. Doch etwas anderes ließ sie empfinden, daß sie ohne Titel und auch ohne Namen hier in dieser Hölle, in diesen Straßenschluchten, in Lärm und Gestank und im Abfall, der nicht abgeholt und im Unrat, der nicht weggespült wurde, nicht untergehen konnte, nicht verloren ging, sondern etwas war und blieb, das nur sie war: an elderly white female. Diese Eigenschaften blieben ihr und verließen sie nicht. Es stand auch auf einer Karte, als man sie als namenlosen Notfall, halb bewußtlos und fiebrig und mit den Zähnen klappernd vom Hotel aus in einer Ambulanz in die Notfallstation eines Spitals gebracht hatte. Sie fand sich wieder, an Apparate gehängt. Einmal beugte sich eine schwarze, dann eine gelbe und wieder eine weiße Haut über ihr Bett und alle fragten nach Krankheiten, woran ihre Eltern gestorben seien, was sie zuletzt gegessen hätte, und woher sie komme und wohin sie gehöre. Das kam aber erst am andern Tag, als sie wieder redete und Auskunft gab und Adressen wußte und eine Kreditkarte aus einer verborgenen Manteltasche holen lassen konnte. So stand es dann auch im Krankenbericht später, an elderly white female in Angstzustand, wenn man das Wort Troubles so übersetzen will. Der Mann der Ambulanz hatte es wohl zu Protokoll gegeben, denn er sagte seinem auf einer

Bahre schlotternden Notfall immer wieder: do relax, just relax. Sie konnte sich aber später nur schwer daran erinnern, daß sie Angst gehabt haben sollte, im Gegenteil, sie genoß es sehr, gepflegt zu werden und, als die Schmerzen und das Unwohlsein endlich nachließen, gefiel es ihr auch, unbekannt und allein zu sein, reduziert auf eine «ältliche Weiße weiblichen Geschlechts». Das jedenfalls stimmte und alles andere konnte sie nun langsam hinzufügen und aus ihrem Leben das machen, was sie wollte.

Die Trennscheibe

> «Vers l'écriture
> Les arbres sont des alphabets,
> disaient les Grecs. Parmi tous les
> arbres-lettre le palmier est le
> plus beau. De l'écriture, profuse
> et distincte comme le jet de ses
> palmes, il possède l'effet majeur:
> la retombée.»
> («*Roland Barthes sur Roland
> Barthes*»)

«Ich weiß nicht, wie es so ist.» Über den Schreibtisch hin, hin- und herschieben von Manuskripten, annehmen? ablehnen? Wir lachten auch über den Schreibtisch hin. Wir schwiegen oft, ausdauernd, und dann waren wir uns darüber einig.

«Ich weiß nicht, wie es so ist.» Aus der Tiefe von Entsetzlichem aus ohnmächtiger Abwesenheit, genau dieser Satz war es zur Begrüßung, am Spitalbett. Die Erkenntnis des Schmerzes. Und sofort die scharfe Korrektur: «War ich weg?» und sanft bestimmend die Worte, wenn jemand den Besuch abkürzen, das Leiden nicht mitansehen wollte: «Bleib noch ein wenig; du sollst es jetzt noch ein wenig aushalten.»

Es war Mode geworden, ihn zu besuchen, jeder wollte

der vertrauteste Freund sein. «Ja, ja, ich war gestern oben, aber du mußt dann schon punkt ein Uhr dort sein, sonst sind's zuviele.»
Er nahm Huldigung und Zuneigung als selbstverständlich entgegen, er genoß sie. Er stellte vor, er nannte Namen, er sagte auch, heiter: «Das ist mein Vater» oder «Kennst du meine Schwester nicht?» Ungeniert bezeichnete er seine Krankheit, schier anmutig beschrieb er den Fortgang: Er finde keinen schmerzfreien Ort mehr in seiner Betthöhle, zum Beispiel, und das Essen sei Kinderbrei.
«Weiß er, daß er sterben wird? Sagt man ihm, daß es eine Krankheit zum Tode ist?» Und der Literat, besorgt, auf dem Asphaltweg, als wir das Gebäude verließen und zum Parkplatz gingen: «Er sollte doch jetzt klare Verhältnisse schaffen.» – «Alles ordnen, ist es das, was Sie meinen?»
Die Ordnung der Benennungen hatte längst stattgefunden, die Entscheide waren getroffen. Wir liebten ihn ja, weil er, sprechend, immer die Mitte traf; wenn die Wörter, nach intensiver Stummheit, aus ihm herausbrachen, stimmten sie. In dieser Zeit nun wurde unser werweißender Trost aufgehoben mit genauen Mitteilungen über zunehmenden Gewichtsverlust, über die Unmöglichkeit, eine Nacht lang schlafen zu können, über das noch Kaubare.
Dieser ganz und gar Unbestechliche, der Namen nannte. Wir waren auch gierig auf Übernamen, die er sich ausgedacht hatte, die ihm eingefallen waren, in seiner Sprechweise; wir bewunderten sie als Instrumente einer präzisen Macht. «Wie war's denn heute mit dem ‹A.-national›?», so buhlten wir um Mitwissen

und Gunst. Die Augen des Unbestechlichen blitzten kurz auf, aber nun waren Nebenbeisätze zur Auskunft geworden: «Wir haben uns nicht viel zu sagen.» Was gab es noch zu sagen? Im Zeitungshaus wurde längst eine andere Sprache gesprochen, die Sprache des obern Stockes, die für Inhaber übliche. Magnetisiert hatten sie auch untere Stockwerke übernommen. Sie erschöpfte sich in Abwehr, flüchtete in Diffuses. Auf Fragen nach ja oder nein der Bescheid: «Es läuft eben anders» oder «Das verstehst du nicht» oder «Hat man Einblick, ändert sich die Sache».
Die Trennscheibe, zwischen Sprechende eingeschoben, verwischte die Wörter.
«Man will nicht», berichtete damals H., der sich um eine neue Arbeit beworben hatte. Hat er sich von diesem Augenblick an als «Schreibknecht» und «Redaktionsbub» bezeichnet? Wir verstanden solche Wörter als Gag, als einen ihm entsprechenden Gag, aber der Schreiber H. hatte festgestellt, daß sein Arbeitseinsatz im Hause für ihn folgenlos bleiben würde. Er schrieb nach Zeilen, seine Kommentare wurden Flaschenposten, ausgeschickt in ein Meer, in dem nach anderem gefischt wurde als nach genauen Wörtern.
Ahnte er, daß man ihn hinterher, als er im Tode erstarrt war, als den großen Anreger feiern würde, als denjenigen, der flink durch den Korridor lief, alles wußte, allen um die Kenntnis dreier Bücher voraus war, zur unrichtigen Zeit die richtige Bemerkung fallen ließ? Und daß er so zum Hofnarren gestempelt wurde, nachdem seine Präsenz nicht mehr überraschte? «Es trifft immer die Besten», hieß es bedauernd.

«Er sitzt an meinem Bett und hat ein schlechtes Gewissen», konstatierte der Kranke, scheinbar ungerührt; es war eine Mitteilung über den Gebildetsten unter uns, der ganz gegen seinen Willen, so pflegte er zu betonen, auf die andere Seite der Sicherheitsscheibe gezerrt worden war, in die Schutzzone, in der die Höhe des Einkommens nicht mehr genannt werden muß.

Der Kranke dagegen, kurz danach, das Unmaß des Erlittenen zusammenfassend: «Mir bleibt nichts erspart.»

Aber ich möchte anderes in Erinnerung behalten, seine Sätze, ganz zuletzt, zu den Freunden: «Habt ihr Durst? Trinkt ein Bier! Ich möchte noch einen Schluck Wasser. Habt ihr auch Zeit? Wir lassen sie warten.»

Geschwächt auf dem Sofa, gestützt von Kissen. Die Freunde waren in die Wohnung gekommen, um den Kranken nach den paar Stunden Urlaub zurückzubringen ins Spital, ihn zu stützen, ihn die Treppe hinunter zu begleiten, ins Auto zu betten. Wir waren bereit für die traurige Fahrt, für die Stunde des Aufbruchs. Der Sonntagsbesuch war schon weggegangen, nur die junge Frau mit dem Bub, der im Indianerkostüm still seine Späße trieb, blieb ein wenig länger; sie umarmte dann den Kranken und ließ das Söhnchen, dasselbe tun. Die Sonne schien nun durch die offene Balkontüre, der Vorhang bewegte sich leicht im Abendwind. Mit zierlicher Gebärde wurde die Zeit angehalten, der Tisch mußte noch einmal gedeckt werden. «Füllt die Gläser!» sagte der Fürst.

En passant – oder:
Ein Ort hinzugehen.

> «Man bräuchte in einer Stadt einen Ort, wo man hingehen kann und etwas tun. Ein Blatt hinlegen, Wasser ausleeren, ein Licht anzünden? Der Ort könnte ein Baum sein.»
> *Cornelia Vogelsanger: «oral communication.»*

Im April. Waldmann grüßt über den Gartenzaun. M. dachte, er sei tot, seit fast fünfhundert Jahren, enthauptet, auch im April, wegen Skrupellosigkeit und Rücksichtslosigkeit. Er lüpft den hohen schwarzen Hut freundlich, lüpft ihn heute; der Pelzkragen des Bürgermeisters scheint gut eingemottet gewesen zu sein durchs Jahr durch, nichts ist zerfranst oder zerfressen, keine kahlen Stellen, obschon die Ehefrau eine Gebildete ist. Die männlichen Nachkommen schlüpfen hurtig ins Lederwams der Gerber und machen nun weitausholende Schritte. Die Frauen mit den Blumen werden später vorbeigehen, die geschmückten Kinder haben sich längst versammelt.
Wo sind die Steine, alle verworfen?
Die Kinder werden sich an Verkleidungen gewöhnen,

sie glauben der Verniedlichung, es ist das Schlimmste, was man ihnen antun kann. Wie sollten sie je auf den Gedanken kommen, an so einem Tag und allen andern, daß das Ancien Régime abgeschafft wurde? daß ihren Vätern ein Fehlerchen, die geringste Verfehlung vorgeworfen werden könnte, in deren hohen verantwortungsvollen hochdotierten Stellungen, da man ihnen straßenlang zujubelt? Der Arbeiter der großen Fabrik, sechs Jahre vor der Pensionierung, auf die er sich freut, ist aus der nahen Industriestadt extra hergefahren, hat sich einen freien Tag genommen, will den Umzug sich ansehen, zusammen mit seiner Frau. Und der Abwart des Zeitungsunternehmens, Mitglied der Quartiermusik, bläst voll ins Horn, weil sein Arbeitgeber, nein, kein gewöhnlicher Zünfter ist, sondern Mitglied einer Gesellschaft, und als solcher mitschreitet im Zug, Dreispitz auf dem Kopf und trotz der Festerei, trotz der geistreichen Reden die halbe Nacht durch im Barockgebäude neben dem Münster, wird er, der Arbeitgeber, am folgenden Tag, am Dienstag, wie immer um acht Uhr und scheu durch die Hintertür das Haus seiner Firma betreten, das weiß der Abwart, der das Horn blies. Er ist längst zur Stelle, er wird den Chef grüßen, er wird freundlich wiedergegrüßt werden, was für gute sichere, solide verwurzelte traditionsreiche sympathische nüchterne gesunde Zustände sind das; da bläst man freudig ins Horn. Jetzt trippeln die Kinder auf dem Asphalt, blau ist die Farbe dieser Stadt, die gepflegten Pferde werden bald galoppieren, die Kirchenglocken läuten schon. Die verschmierten Fassaden kann man abspritzen. Die Kosten sind zwar hoch, und die Steineschmeißer werden dem Chaos zugeschrieben, das Chaos fängt man ein, isoliert es, wozu sind sonst die Blauuniformierten da, in Bereitschaft gehalten für vollen Einsatz.

M. denkt an diesem sonnigen Apriltag an Steine, die sie ins Leere hineinschrieb. Keine Flugblätter, keine Inschriften, nur folgenlose Reportagen. Kein Wurf ins Ziel. Sonst würden die Nachbarn doch nicht so unbekümmert herumlaufen, sie über den Gartenzaun grüßen, den Hut lüpfen und annehmen, auch M. freue sich an den vorbeiziehenden Verkleidungen, dem Jubel, den Blumen, den ausstaffierten Kindern. M., alt geworden, hatte sich über die junge Frau gebeugt, die sie gewesen war, hatte sie aus der verkrusteten Eisschicht gelöst und angeschaut, sich ihrer Erbärmlichkeit endlich angenommen. An diesem Apriltag aber sah M. ein, daß sie später, während vieler geregelter Jahre, im Umzug mitgeschritten war, ausgreifend und überzeugt. Mit welcher Maske vor dem eigenen Gesicht? M. hatte immer getan, was man von ihr und ihrer Tüchtigkeit erwartet hatte. Schließlich forderte sie diese selbst von sich und erbrachte sie. Eine solide Verkleidung. Namensschild an der Bürotüre. Mit Kompetenzen. Man übte sie aus, man war dafür bezahlt. Es war kein unangenehmer Zustand. Sie hatte keine Zeit, das eigene Rollenspiel zu beobachten. Selber Teil des Umzugs, nimmt man sich und denjenigen, der neben einem geht, ja auch nicht wahr; die andern sind wie du selbst, du bist wie die andern, du läßt dich ansehen, die andern sehen nur das Kostüm, das du durch die Straßen trägst.

Auch in den Jahren des Umzuges, nicht im April freilich, sondern im stillen Umzug durch die Jahre, zwar ohne mit Blumen beworfen worden zu sein, hatte M. immer Paola beneidet, die sich großzügig ihrer Verschlampung hingab. Das Haar über der schönen Stirn verklebt, auf dem Mantel Flecken. M. nannte sie Paola in the streets, sie war nur auf der Straße anzutreffen. Wann hatte sie sich an den Rand drängen lassen. Seit wann war es ihr egal, daß der Mantel über die auseinandergefallenen Körperformen lose hinunterfiel. Seit wann weinte sie laut über ihren zu dicken Hund, der im Straßengraben keuchte und nicht mehr weiter wollte? Ihn zu tragen waren ihre Arme nicht frei, sie schleppte stets Bildermappen mit sich. Wenn M. sie traf, fühlte sie sich dann ausgezeichnet, wenn Paola sie erkannte und mit ihr redete, nicht an ihr vorbeiging, die Gasse hinunter, den Kopf gesenkt, ununterbrochen murmelnd. Wenn man sie aber aus ihren Abwesenheiten herausholen konnte, wenn sie einen wahrnahm, konnte man mit Paola reden, und sie sagte dann lauter gescheite Sachen über die Bilder in ihren Mappen. Einmal hatte M. ein kleines Bild, mit viel Blau, mit den verschiedensten Blau wolkig gemalt, und etwas Gold – eines von Paolas Werken – in einer Galerie gekauft. Paola hörte davon, kam einmal vorbei, wollte das Bild sehen und wie es hing an der Wand, und später fragte sie M.: «Ist Ihnen das Bild noch nicht verleidet? Sonst bringe ich ein anderes. Sie können tauschen. Wenn es Ihnen zu grausam ist, blau mit Gold.»
Paola hatte aber auch eine unmittelbare Beziehung zu den merkwürdigen Kleidungsstücken, die sie trug, zu

den breiten Männerschuhen, es waren immer Männerschuhe, zum Filzhut, auch männlich, aber von bester Filzqualität, zum rosa Hosenanzug, der, nach Meinung anderer, besser ins Bett als auf die Straße gepaßt hätte. Dazu eine Perlenkette. M. kannte den Preis, unter zehn Franken. Er wurde erwähnt, in strenger Genauigkeit, wie alles, was Paola äußerte.
Einmal gab Paola M. Anweisungen, wie diese sich bei einem Vortrag, für den sie aufgeregt herumjagte, zu benehmen hätte. So und nicht anders: Zur hintersten Reihe sprechen, weder Brille noch Bluse wechseln, da Sie sich ja darin wohlfühlen, und jetzt gehen wir zusammen, Sie begleiten mich, und wenn wir am Haus vorbeigehen, wo Sie auftreten müssen, dann sagen Sie: «Ich geh schnell hinein, es interessiert mich, hineinzugehen.» En passant, auch gut.
So waren für M. Kostümierung und Rollentanz vorüber; endlich konnte man sich die Kleider nach Befinden wählen, sie brauchte sich nicht mehr den Kleidern der im Umzug Mitschreitenden anzupassen. Weiche gute Schuhe, mit denen man durch die Straßen gehen konnte, notfalls auch davonrennen.
Noch wollte M. über Paola schreiben, weil sie so schöne Sätze sagte und weil andere, die mit ihr waren, und die sie auf der Straße, wenn Paola vorbeihuschte, auf Paola aufmerksam machte und rühmte, wie apart Paola sei, erstaunt lächelten und meinten: Paola soll einmal schön gewesen sein! Diese Person? Und dann: wie heruntergekommen! Wie zerstört! Schade!
M. bewunderte Paola immer mehr und beneidete sie, daß sie im richtigen Augenblick das Richtige sagte. Nach einem Weihnachtsabend zum Beispiel, an dem

sich merkwürdige Leute zusammengefunden hatten, jeder anderer Art, die meisten kannten nicht einmal die Namen der andern und waren dementsprechend gehemmt. Nur Paolas Hund hatte sich unbefangen benommen, nach Hundeart: Die aus dem Gulasch mit Sauerkraut von Paola herausgepickten und ihm unter dem Tisch zugesteckten Fleischstücke waren nicht nach seinem Geschmack. So beschränkte er sich auf Truffes und Pralinen. Man sprach zwar unbotmäßig aber jeder redete, jeder aß und trank und jeder bewegte sich schließlich hierhin und dorthin; so war keiner das Zentrum, keiner der Wichtigste, keiner der Klügste. Jeder hatte etwas zu sagen, und jeder schwieg, wie es ihm paßte. Paola blieb bis gegen Morgen und sagte beim Abschied: Das war schön und lang und ganz rund. Dazu eine Handbewegung, die ein Halbrund angab.

M. wollte über Paola schreiben, Paola verkleidet in die Geschichte übers Quartier. M. sagte es Paola. Paola lächelte, fand es eine gute Idee, übers Quartier, ihr, unser Quartier. Sie fügte hinzu, indem sie ihre zu große Pelzmütze, die wieder einmal schwitzend ihr in die Stirn gerutscht war, hinaufschob, später auf den Stuhl neben sich legte: Was mache ich, damit Sie nicht über mich schreiben? Ich bringe Ihnen dafür jeden Tag einen Blumenstrauß. Jeden Tag Blumen für eine weiße Seite. Am Schluß haben Sie viele weiße Seiten, und das wäre dann die Geschichte über mich. An Markttagen aber wäre der Blumenstrauß üppig.
M.'s Seiten blieben von jetzt an weiß. Sie schrieb nichts mehr. M. lief durch die Straßen. Zu finden war

nichts mehr. Sie suchte einen Ort, hinzugehen. Denn ihre neuen Hoffnungen waren größer geworden, wie bei den Kindern, die weder Flausen im Kopf haben noch sich Illusionen machen, aber anspruchsvoller sind ans Leben als die kühl arbeitenden Erwachsenen. Keine Termine mehr, aber Hoffnungen, welche die Tage sprengten.

Ab und zu dachte sie an die Küchengespräche im roten Haus, an Lisas Trauer um die weggelaufenen Kinder, die ihre Seele nicht mehr wärmten. Sie hätte ihr sagen wollen: Liebe Lisa, auch unserer Stadt sind Kinder abhanden gekommen. Man sieht sie nicht mehr, man übersieht sie. Sogar im Wald sah ich neulich Kinder mit Verkehrsgürtel, diese roten und gelben Streifen, damit die Kinder nicht verlorengehen im Wald. So M.'s Gedanken für Lisa. Sie würde hinzufügen, daß sie im Frühlingsumzug vorkämen als Metzgerchen und Schornsteinfegerchen, als Rokokodämchen und als kleine Tessinerinnen mit Hutte am Rücken. Das seien die Rollen, die man ihnen zudenke, aber selbsterfundene Spiele im Wald hätten nicht stattzufinden, und der Robinsonspielplatz war auch vorgeschrieben. Aber das alles wußte Lisa selbst.

M. wollte an Kristina über diese Stadt schreiben, die Kristina so schätzte wegen ihrer Erker und den alten Türen, den Gassen auf und ab und den kleinen Läden und dem winzigen Café in der alten Stadt, wo man heiße Schokolade trinken konnte. Du hast keine Ahnung davon, daß sich hier nicht mehr leben läßt. So wollte sie schreiben: Die Häuser, deren Fassaden du so liebst, sie sind nicht mehr bewohnbar. Die Stadt läßt einen nicht mehr schlafen in der Nacht, denn wenn Demonstrationen in unserer Stadt stattfinden, werden nicht nur die Schaufenster verschalt sondern auch die Haustüren verrammelt, die Vorhängeschlösser verdoppelt, die Fensterläden zugesperrt. Diejenigen, die Farbe verspritzen, das Münster verschandeln und das Rathaus; die, welche Sprüche sprayen an unsere Wände, sie seien alle, das sei klar, so sagt ein Nachbar, vom Ausland dirigiert. Auf unserm guten Boden, sagt die Nachbarin, könne so Verrottetes nicht passieren.

Auf so etwas würde Kristina mit Achselzucken reagieren. Auch ihre Hauptstadt sei von Drogen überschwemmt, die Häuser niedergerissen. Deshalb, nicht nur, weil sie älter geworden sei, habe sie sich auf's Land zurückgezogen. Es sei eben nichts mehr wie früher. Und warum, würde sie M. fragen, warum bleibe sie auf dem Asphalt und ziehe sich nicht endgültig auf eine Wiese zurück? Gartenarbeit würde ihr nichts schaden. M. muß beharrlicher werden, erklären, sie will Kristina überzeugen: Ich bin eine Bürgerin dieser Stadt, ich bin es geworden, durch Heirat und bin es geblieben aus Anhänglichkeit gegenüber dem Ort, wo es sich gut arbeiten und leben ließ. Jetzt gehe ich durch die Straßen und bin nicht mehr aufgehoben. Ich komme mir vor wie auf dem englischen Schiff, das in den Südatlantik fährt wie ein Luxusdampfer, man sah es auf dem Bildschirm, die Betten in den Kabinen werden gemacht, Hunderte von Kellnern servieren das Essen, am Kiosk wird Coca und Schokolade verkauft wie sonst; doch die Verkäuferin meinte, es sei merkwürdig, daß alle Passagiere im Kampfanzug und bewaffnet herumlaufen.

So komme ich mir auch vor. Noch wird gehandelt, verkauft, eingekauft, Mauersprüche und fliegende Steine sind nicht Aufschrei einer Verzweiflung, keine Fragen, nur Störung, die Stadt schlägt zurück, auch in die Augen. Den Fügsamen wird geraten, zu Hause zu bleiben. Ich gehe hinaus, die Gasse hinunter, der Straße entlang, es riecht nach Wasser.
Und jetzt verfällt M. ihrer alten Heftigkeit, sie will Kristina überzeugen. Sie suche doch in ihrer Stadt einen Ort, wo man noch hingehen könne. Vielleicht einen Ort, wo man für sich sein könne, einen Ort, wo man sich wohl fühle als Mensch und ein Gebet verrichten könne, das in der Kirche nicht mehr zu beten sei. Und fährt, an Kristina gerichtet fort, Sätze auszusprechen, die Kristina sicher nicht erreichen:
Ich fand den Ort hinzugehen und ein Gebet zu verrichten. Mitten im Verkehr, ein dummes Tramhäuschen, Billetautomaten für vier Richtungen, Zeitungsautomat für drei Lokalzeitungen, der Kiosk mit breiter Auslage und dicht behangenen Ständen, gegen den See hin offen. Auf der Hinterfront das Wartehäuschen, die Bänke hatte ich immer gemieden, nur einmal einen Clochard aufgesucht, der war erkältet und pißte durch die Hose auf die Bank. Für den Blumenschmuck in der Mitte des Warteraums ist die Stadtgärtnerei verantwortlich, nehme ich an. Oder die Tramgesellschaft. Der Raum wurde umfunktioniert zum Andachtsplatz für ein Mädchen, das sich umgebracht hatte. Die Beerdigung blieb geheim, man fürchtete Kundgebungen. Die unruhigen Jungen dieser Stadt fanden den Weg zum Friedhof, lachten über die hinter den Mauern versteckte Polizei, ängstigten

sich auch, sie scharten sich ums Grab, einer las ein Gedicht des verstorbenen Mädchens Sylvia, einer legte eine Geldnote ins Grab, ein anderer einen Pflasterstein, Gebärden der Liebe und der Trauer. Es bildete sich ein Zug, plötzlich waren Kerzen da, die Lichter wurden angezündet, man schritt zum Platz, auf dem sich Sylvia verbrannt hatte, eine Fackel der Ausweglosigkeit. Ihr Tod im Spital wurde der Presse nicht gemeldet. Ihre Kameraden der Zeitnöte legten den Kranz auf einem stillen Marsch vom Friedhof her auf den Platz, der «Schöne Aussicht» heißt, nieder, die Kerzen auf dem Rand des kleinen Brunnens brannten lange. Dann, keiner meldete es genau, entstand die Gedenkstätte im Wartehäuschen, die Kerzen brannten Tag und Nacht, immer wieder neue Lichter wurden angezündet, Zeichen für Sylvia hingelegt, Postkarten, Gedichte, Pamphlete, wüste Aufrufe. Einmal lag ein Stück Brot dort, einmal schwebte ein weißer Papiervogel über den Büschen mit dem Satz: «Flieg, Sylvia flieg!» Umgang mit den Toten, Ernährung ihrer Seele, Zwiesprache, woher nahmen diese jungen Menschen die Gebärden, woher wußten sie, daß Tote leben?
Ich dachte nicht an Sylvia, aber ich dachte an die jungen Menschen, die die Lichter anzündeten und vielen zuriefen, da stehenzubleiben und nachzudenken. Plötzlich gab es in dieser Stadt einen Ort hinzugehen.
Soll ich hinzufügen, liebe Kristina, daß Beauftragte unserer Verkehrsbetriebe die unziemliche Kirche jeden Abend aufräumten, mit Schaufeln das Stearin vom Boden abkratzten? Man hätte darauf ausgleiten

können! Bist du schon über Kerzentropfen gestolpert? Nach Wochen war das Spiel aus, die Erikapflanzen werden nicht mehr ausgerissen, aber junge Menschen sind an jenem Ort gewesen, ihre Gebärden haben sich nicht im Wind aufgelöst. Stammeln wird Sprache werden.

Am Schluß schreibt Martha:

Die Absicht mit meinen Albumblättern ist eine andere als was Lisa will, wenn sie ein Tagebuch schreibt. Lisa schreibt für sich, wie sie mir sagte – oder vielleicht doch für eine Person, die ihr nahe steht? Ich hingegen wollte mit meinen Blättern etwas mitteilen, mein Ehrgeiz war, daß andere sie lesen und wissen sollen, was in meinen langen Jahren mich verletzte oder freute; worüber ich weinte und was hart war, zu erreichen. Aber ich bring's nicht zusammen, die Blätter fallen auseinander; keine Folgerichtigkeit, kein Zusammenhalt; Fetzen von Empfindungen, es gelang mir nicht einmal, die Enttäuschungen zu bündeln. Aber mit dem Niederschreiben von vielerlei bin ich nun, wie ich merke, vielerlei losgeworden und scheine so mir selbst und meinem Stoff gerecht geworden zu sein. Die Blätter helfen mir, weiterzugehen, weiterzuhoffen, Zufällen vertrauend, Traurigkeiten ertragend. Man muß wissen, wie es war, So wird Zukünftiges, so unklar und kurz es auch immer sein mag, lebbar. Rückwärts lesen, auch in Verwirrung, schafft Raum. Eine spielerische Suche nach verlorenem Raum ermöglicht Leben, nicht mehr in die Zeit eingespannt.

Im Winter danach

Kristina antwortet

Im roten Haus, mitten im Winter, aber die Nächte werden doch schon kürzer.

Du brauchst die Postfachnummer nicht mehr auf die Adresse zu schreiben, Lisa, Name und Ort genügen, man kennt mich hier. Alle kennen mich:
Es ist nicht so, wie es war, als du zu uns kamst im letzten Sommer. Es liegt noch viel Schnee, alles ist gefroren. Ich gehe kaum aus dem Haus. Olle ist gestorben. Henrik spielte an seinem Begräbnis. Anna kam nicht. Wir haben alles auf Band aufgenommen und ihr dann vorgespielt. Es gefiel ihr sehr. Henrik ist oft weg, er gibt Konzerte mit seinem Quartett. Ich glaube, er nimmt dann oft Gunvor mit, weil er nicht gern allein fährt. Ich bin meistens zu müde, um ihn zu begleiten. Henrik sagt, Gunvor könne auch autofahren, im Gegensatz zu mir, und ihn am Steuer ablösen. Aber sie tut es ja doch nie. Sie massiert ihm die Schultern, damit er nicht steif wird vor dem Auftreten. Sie hängt auch in unserm Haus herum und hängt sich an alles, wie eine Klette. Henrik weiß, daß ich das nicht schätze, deshalb holt er sie, wenn er wegfährt, im Bauernhaus vorn an der Straße ab und setzt sie wieder dort ab, bevor er nach Hause kommt. Ich habe

es wirklich nicht gern, wenn Gunvor an meinem Tisch sitzt, Henrik anstarrt und kein Wort redet. Wenn sie ein Gericht nicht mag, das ich kochte, sagt Henrik ‹die arme Kleine› und ißt ihren Teller leer. Davor ekelt mich, das will ich nicht haben. Das kann ich nicht ansehen. Ich habe Henrik gesagt, es sei gefährlich mit diesen väterlichen Gefühlen für junge Mädchen. Einmal erwähnte ich Malin. Aber er sagt, das verstehe ich nicht. Wir haben nicht darüber gesprochen, als Malins Vater uns schrieb, Malin sei aus der Schule weggelaufen, sie komme nicht mehr nach Hause, sie spiele nicht mehr Klavier, sie treibe sich irgendwo in der Stadt herum. Daß sie nicht mehr Klavier spielt, ärgert Malins Vater, der auch Musiker ist, am meisten. Und Malin war wirklich begabt.
Es liegt viel Schnee, und es ist sehr kalt. Die Hunde gehen nur schnell hinaus und kommen mit gefrorenen Pfoten wieder auf die Veranda, wo ich ihnen die Eisklumpen zwischen den Zehen löse. Sie winseln dann leise und lecken mir die Hand. Die Postbotin, die du kennst, ist noch dieselbe; sie kann mit ihrem Auto nicht bis zum Haus fahren, sie hupt laut unten auf der Fahrstraße, wenn sie eine eingeschriebene Sendung für mich hat oder Geld oder ein Paket, das im Briefkasten nicht Platz findet. Wenn Henrik nicht da ist, stapfe ich durch den Schnee. Sie wartet im Auto auf mich und raucht inzwischen eine Zigarette. Neulich schickte mir Elisabeth aus England einen dicken Pullover, du weißt, Elisabeth ist Henriks jüngere Tochter. Sie hat den Pullover für mich gestrickt, er ist hellblau und vorn hat sie eine Sommerlandschaft hineinkomponiert mit grüner Wiese, einem

roten Haus und einem hellen Fluß. Es ist vielleicht ein bißchen komisch, aber ich trage den Pullover gern und habe großen Erfolg damit. Überhaupt sind Henriks Töchter sehr lieb zu mir, laden mich ein und fragen immer nach mir. Solvejg telefoniert regelmäßig. Dann kommen auch immer die Zwillinge an den Apparat und sagen: Hej, mormor, wann erzählst du uns wieder eine Geschichte? Oder wann sagst du uns wieder den Vers von der Eskimofrau? Du siehst, es geht mir sehr gut.
Es ist nicht Sitte in meinem Land, daß man in die Briefe und Papiere seiner Freunde hineinschaut. Was andere schreiben, geht einen nichts an, finden wir. Aber als ich einmal aufräumte und in einer Kommode in dem Zimmer, in dem du wohntest, die Mappe fand, die du jetzt plötzlich zugeschickt haben willst, habe ich hineingeschaut, um zu wissen, was es war. Ich will dir jetzt auch sagen, daß ich dann, weil ich meinen Namen darin sah und Henriks Namen und von Malin die Rede war und von Olle, doch einige Seiten las.
Das war vor Weihnachten, es war bevor die blauen Hyazinthen zu blühen anfingen – sie stehen noch im Fenster – und es war bevor mir der Arzt bei der Kontrolle im Krankenhaus sagte, die Schmerzen im Arm würden wohl nie mehr ganz aufhören. Ich habe mich daran gewöhnt, so wie ich mich an meine Krankheit gewöhnt habe. Deshalb empfinde ich wohl alles ganz anders als ihr, als du und Martha. Ich freue mich jetzt schon auf den Frühling und auf die Vögel, die auf ihrer Reise in den Norden bei uns Station machen. Ich kenne sie, und ich kenne ihre Gewohn-

heiten. Eigentlich wollte ich heute die Mappe mit dem Geschriebenen, die du verlangst, einpacken und der Postbotin mitgeben – es ist immer noch Göta – ich hatte schon das Papier bereit und die Schnur, um das Paket zuzubinden. Ich will auch nicht mehr hineinschauen. Aber weil ich damals einiges darin las und weil mich doch deine Beobachtungen beschäftigt haben in diesen dunklen Winterwochen, muß ich es dir gestehen.
Ihr macht so viele Worte. Das ist wohl so dort, wo ihr wohnt. Bei uns ist es nicht Sitte. Ich mache mir auch andere Gedanken zu meinem Leben als du dir zu deinem. Und zu dem, was du gesehen hast hier im letzten Sommer. Ja, ich habe ein Geschäft geführt, und ich habe Instrumente verkauft, und es war schwierig, und der Staat nahm mir nach und nach alles weg, weil ein so kleines Atelier, wie ich es führte, nicht mehr in diese Zeit und zu dieser Regierung paßt. Seit ich auch die Wohnung aufgegeben habe in der Hauptstadt fühle ich mich glücklich in unserm Haus, das du das rote Haus nennst.
Bei uns auf dem Lande sind alle Häuser rot.
Mir sind ein paar wertvolle Instrumente geblieben, und ich sorge dafür, daß sie in gute Hände kommen. Denn je nachdem eine Geige gespielt wird, singt das Holz anders. Wenn ich reine Töne höre, bin ich vollkommen glücklich. Es ist dasselbe Glück, wie wenn ich eine Geige in die Hand nehme, die ein vollendetes Maß hat. Oder wenn ich zum Beispiel einen Wassertropfen an einem Blatt sehe, in dem das Licht sich spiegelt und ich etwas von der Harmonie einer Ewigkeit darin ahne. Im späten Herbst war ein

alter Freund aus Dänemark hier, ein Instrumentenbauer, er wollte noch einige Bögen kaufen. Wir haben uns immer gut verstanden, und wir haben auch gute Geschäfte gemacht miteinander. Ich habe ihm am Schluß seines Besuches hier den letzten Rest meines Harzes geschenkt, es ist ein Harz, wie man es auf der ganzen Welt nicht mehr bekommt. Er hat geweint vor Freude. Das sind Dinge, die mich beschäftigen.
Ich verstehe nicht, daß du dir Sorgen machst, wie es weitergehen soll. Ich denke nicht über mein Alter nach.
Was du über Henrik geschrieben hast in deinem Tagebuch, ich habe es nicht mehr genau in Erinnerung, darüber möchte ich mit dir nicht reden. Du weißt nicht, was für ein guter Mensch er ist. Und was er alles getan hat, für seine Freunde. Nur so viel: Als er jung war, spielte er, um Geld zu verdienen, in Volkspärken, und er reiste mit einem Dirigenten durch das ganze Land, vom Süden bis in den Norden. Immer stand das Perpetuum mobile von Paganini auf dem Programm, und Henrik hatte es im Laufe der Wochen zu einer solchen Fingerfertigkeit gebracht, daß der Dirigent scherzweise immer ankündigte, dieser Geiger spielt 2000 Noten pro Minute. Einmal fand er den Übergang in den zweiten Satz nicht, er fiel immer wieder in das Repetieren des ersten Satzes zurück und wurde selbst zum Perpetuum mobile. Das alles tat Henrik des Geldes wegen, es waren anstrengende Konzertreisen wegen des Verdienstes. Er hatte zu Hause zwei kleine Töchter und eine Frau, die sich nicht einsetzte für die Familie. Ich bin froh, daß Henrik jetzt spielen kann, was er will. Ich stelle mit

ihm seine Programme zusammen, und wenn es mir gut geht, übe ich Klavier, ich werde ihn nächstens sogar an einem Konzert im Pfarrhaus begleiten.
Sonst kann ich nichts zu deinem Tagebuch sagen. Auch verstehe ich deine Sorgen wegen deiner Kinder nicht, von denen du nie sprachst. Ich finde Kinder eine Freude. Mit Solvejg hatte ich nie Sorgen, und jetzt ist sie wie eine Freundin zu mir.
So viele Worte, so viele Sätze! Marthas Albumblätter, die du auch in der Schublade bei deinem Tagebuch hattest, habe ich nicht angeschaut. Ich habe nie etwas gelesen, was Martha schrieb. Sie übertreibt, sie ist verrückt. Henrik sagt von ihr, früher war sie schön und verrückt, und jetzt ist sie nur noch verrückt. Das beleidigt mich nicht, denn Martha ist meine Freundin. Sie wird es bleiben, was immer sie auch tut. Oder schreibt. Ich glaube, sie war eine gute Journalistin. Jetzt beschäftigt sie sich mit Pazifismus und geht an Demonstrationen und sagt mir, die Luft über der Landschaft Bergslagen, wo ich wohne, sei total sauer von den Abgasen der deutschen Industrie. Wir sind gar nicht derselben Meinung, aber es stört unsere Freundschaft nicht.
Weißt du nicht, daß Martha im Herbst, zwei Monate nach ihrer plötzlichen Abreise von hier – ich bin daran gewöhnt, daß sie ein ungeduldiger Mensch ist und eine gute Gegenwart nicht recht genießen kann – ohne Voranmeldung hier auftauchte und mich zu einer Reise nach Frankreich überredete? Wie du, liebe Lisa, hatte sie wahrscheinlich das Gefühl, man müsse mich von hier wegholen. Ich ging mit, aber es war falsch. Früher reiste ich oft, mit Henrik und mit

Freunden zusammen, durch Frankreich. Martha wußte das und daß mir das Land gefällt. Aber Martha hatte nie Zeit zum Verweilen. Du weißt, daß Martha es mit den Flüssen hält, so wollte sie der Garonne entlang fahren, von der Mündung in die Gironde bis hinauf in die Pyrenäen, wo sie herkommt. Martha lernte vor zwei Jahren die Garonne in Toulouse kennen und schwärmte von einem Abend auf einer Terrasse hoch über dem Fluß. Natürlich sind wir nicht weiter als Bordeaux gekommen, nicht nur, weil mich die Reise ermüdete. Martha kam plötzlich auf ganz andere Ideen. Sie hatte ein kleines Haus entdeckt in der Charente, mit blauen Fensterläden, in einem großen Garten. Zuerst fesselte sie der Ahorn vor dem Haus und dann ein Möbel in der Küche, ein Geschirrschrank, man nennt ihn dort Vesselier. Man stellt die Teller offen auf die Tablare dieser Schränke und Martha hat herausgefunden, daß in allen diesen geduckten Häusern alte Frauen leben und ihre Geschirrschränke sauber halten, mit Möbelwichse glatt reiben, auch wenn niemand mehr von den Tellern ißt und diese nur noch als Schmuckstücke auf den Tablaren aufgereiht stehen. Martha wird wohl darüber schreiben, sie findet es traurig, daß die Frauen, wenn sie zu alt sind, um auf einen Stuhl zu steigen und den Schrank glänzend zu wichsen, ihn verkaufen. Und dann sagte sie etwas von Frauenschicksal. Ich verstehe das nicht. Es ist übertrieben. Das sind Marthas Verrücktheiten. Aber sie fuhr dann doch jeden Abend mit mir ins kleine Hotel am Fischerhafen, von wo aus ich Henrik telefonieren konnte. Er vermißte mich sehr, er wollte jeden Tag Nachricht von mir. Aber als

ich Martha dann hinterher erzählte, was zu Hause passiert war, daß das Wasserreservoir neu gemacht werden muß, zum Beispiel, weil das Wasser immer brauner wurde vom Eisen, hörte sie wohl zu, hatte aber einen abwesenden Blick. Von dir sagte sie, sie glaube, du arbeitest jetzt zusammen mit dem Mann, den du in deinem Tagebuch B. nennst und dem du irgendetwas verdankst. Ist das so? Dann kannst du ja dein trauriges Tagebuch verbrennen.
Wir sind dann früher weggefahren, als wir dachten. Es kamen die Herbststürme auf, es wehte hart vom Meer her und die Malven in Talmont, die mir Martha zeigen wollte – man nennt sie Roses Trémières – waren seit Wochen verblüht. Die Buschrosen auch. Das hätte Martha doch wissen müssen. Im September. Nur einmal lachte mich Martha aus, als wir im Garten ihres neuentdeckten Häuschens – ist sie wohl diesen Winter wieder dort? – saßen und ich meinte, mir komme es vor, wir sind zwei Figuren aus einem Roman, jedenfalls aus zwei verschiedenen Welten. Sie sagte spöttisch: Vielleicht von Schnitzler? Und den Subjonctif brauchst du auch nie. Ich nahm dann mein Wörterbuch, in dem ich oft lese und sah nach und lernte die Formen des Subjonctif neu; habe sie aber wieder vergessen. Im Deutsch ist alles wieder anders. Martha hätte Konjunktiv sagen sollen. Hej, liebe Lisa. Hier hast du also dein Tagebuch und alles, was du zurückhaben wolltest. Es ist so: Ihr braucht zu viele Wörter für ein einziges Leben.
Morgen kommt Solvejg. Wenn die Wege fahrbar sind.

Kristina

PS

Martha sagte mir auch noch, ein Kapitel in ihrem Buch, das sie nun endlich schreiben will, heiße «Sie haben das Glühende vergessen». Was immer das ist. Ich verstehe es nicht. Ich erklärte ihr hingegen, als wir da in ihrem Häuschen in dieser Charente saßen, eine Komposition, mit der ich mich beschäftige, mit Haydns «Die sieben Worte am Kreuz». Ich erklärte ihr die erste Fassung, das Oratorium, und dann das von Haydn später geschriebene Streichquartett, das, außer der Introduktion (Maestoso ed Adagio) und dem Schlußspiel «Das Erdbeben» (Presto e con tutta la forza) aus sieben Sätzen bestehe, eben den sieben letzten Worten unseres Erlösers am Kreuz entsprechend. Wir haben nämlich das Streichquartett aufgeführt, Henrik spielte es mit seinen Kollegen im neu zusammengesetzten Quartett. Sie haben immer geübt zu Hause bei mir, und jedesmal habe ich für die Musiker eine Mahlzeit zubereitet. Wir konnten den Pfarrer der Nachbargemeinde dafür gewinnen, zwischen den Sätzen die Worte Christi aus der Bibel vorzulesen. Der Pfarrer ist jung und musikalisch und hat eine sehr schöne Stimme. Wir haben alles auf Band aufgenommen, und ich spielte es Martha vor. Aber sie hatte wenig Geduld. Für diese paar wenigen Worte zur Musik. Ihr macht zuviele. Das denke ich.

Noch ein post scriptum:
Du mußt aber jetzt nicht annehmen, daß ich mit Martha Streit bekam. Wir haben nur jede unser Gebiet verteidigt; sie ihre Straße, wo sie Politik machen will und glaubt, etwas zu bewirken; und ich

sagte ihr, meiner Meinung nach ist Kochen wichtiger; sie soll überhaupt sorgfältiger kochen als sie es bisher tat. Warum fragt sie mich immer nach Rezepten? Sie verliert sie immer, weiß die Menge nicht mehr und improvisiert. Ich bin für Genauigkeit, und jedenfalls ist Henrik, seit wir hier wohnen, gut ernährt. Ich habe Martha zugeredet, sie könne viel Geld sparen, wenn sie immer die Gemüse der Saison verwerte und jeden Tag etwas Obst esse und sich überhaupt einen Menuplan für die Woche mache. Sie versprach mir, es zu tun. Bevor wir aus Frankreich wegfuhren, schrieb sie für mich ein italienisches Gericht auf, das mir immer gefehlt hat, eine salsa verde mit Kapern. Und dann hat sie für mich einen Satz aus einem Werk abgeschrieben, das sie gerade beschäftigte. An diesem Satz fühle ich, daß sie mich verstand. Ich notiere ihn jetzt zum Schluß des Briefes für dich, liebe Lisa, damit du weißt, daß der Sommer mit euch ein guter Sommer war, der mir half, den Winter zu überstehen. Der Satz ist französisch, aber das verstehst du sicher, er sei von einem Ethnologen, Jean Gabus, und aus seinem Hauptwerk mit dem Titel *«L'objet témoin»* (Martha fand den Ausdruck wunderbar für uns und hat ihn mir erklärt). Der Satz heißt:... si nous sommes logés, si nous sommes vêtus, si nous vivons, si nous avons des villes, des murs, des habitations, des temples, c'est aux mains que nous en sommes redevables. Also alles, das Wohnen, die Kleider, sogar unsere Städte und auch die Kirchen verdanken wir unsern Händen. Das finde ich schön, es ist das Wichtigste. Noch einmal

Kristina